Droemer
Knaur®

Evelyn Holst

Ein Mann für gewisse Sekunden

Roman

Droemer Knaur

Die Deutsche Bibliothek — CIP-Einheitsaufnahme
Holst, Evelyn:
Ein Mann für gewisse Sekunden: Roman / Evelyn Holst. -
München: Droemer Knaur, 1992
ISBN 3-426-19300-0

Die Folie des Schutzumschlags sowie die Einschweißfolie
sind PE-Folien und biologisch abbaubar.
Dieses Buch wurde auf chlor- und säurefreiem Papier gedruckt.

Umschlaggestaltung: Agentur ZERO, München
Umschlagillustration: Cornelia Niere
Satzarbeiten: MPM, Wasserburg
Druck und Bindearbeiten: Ueberreuter, Korneuburg
Printed in Austria
ISBN 3-426-19300-0

5 4 3 2 1

Dieses Buch ist Raimund und Lea gewidmet, die mir so nahestehen, daß beide in ihm nicht vorkommen. Ansonsten schrieb diesen Roman zwar das Leben, alle Personen und intimen Details sind jedoch frei erfunden.

Handelnde Personen:

Marie-Viola Wissbach	Fotografin. Verheiratet, aber beide Augen offen
Christoph Wiss-bach-Cholera	Ehemann »Ritter Sport«: quadratisch, praktisch, gut
Stephanie, Gabriel, Daniel	ihre gemeinsam erzeugten Sargnägel
Jenna Wissbach	Journalistin und frustrierter Single
Anneliese Wissbach	Witwe mit Vorliebe für männliches Frischfleisch
Ingrid, Trudi, Karin	Annelieses Doppelkopfrunde
Manfred Prieß	Chefredakteur von *Dolce Vita*; erfolgreich, aber einge-stanzte Haarinseln
Tony Cazzone	in Italien Pizzabäcker, in Deutschland reichte es nur zum Schlagersänger
Hans-Jürgen Sachs	Ressortleiter vom *Berliner Morgen*, bluthochgedrückt und auch ansonsten 'ne Nervensäge
Tinka Gillmeyer	Sekretärin mit Kodder-schnauze

Dr. Heiko Ahrends	Fertilitätsspezialist und Familienvater
Uta Kaiser	seine Sprechstundenhilfe; Expertin für männliche Ergüsse
Heinrich Faltermeyer	Ressortleiter bei *Dolce Vita*; unerwidert in Jenna verliebt
Rolf Lafayette	128 ist besser als in die hohle Hand gespuckt
Michael König	der Mann für gewisse Sekunden
Inken Rehmann	seine Freundin, die seitdem eine Abneigung gegen Reagenzgläser hat
Hans Schilowsky	ein häßlicher, deutscher Frosch
Sandra Örtel	MM für Arme, nur schlauer
Klaus Jürgens	Samenspender; weiß noch nicht, daß es nicht die Masse macht
Jo Steinberger	Annelieses Frischfleisch; im Hauptberuf arbeitsloser Lehrer
Jan Vogel	Klatschreporter; hat keinen, schießt manchmal einen ab
Rüdiger Schneider	hat Abitur, ist trotzdem nur Manager geworden
Erika Fluhr	Groupie von Jo Steinberger

★ Frauen bevorzugen die einfachen Dinge des Lebens — Männer. ★

Marie

Ich war sechs Jahre mit ihm verheiratet, also behielt ich beim Sex die Brille auf. Früher hatte sie mich beim Küssen gestört, aber wir küßten uns schon lange nicht mehr so, daß eine Brille gestört hätte. Zungenspiele, Spucke, halber Wahnsinn, das waren die Anfangswochen. Jetzt ist es ein kurzes, trockenes »Peck« auf beide Wangen, ein schneller Schmatzer, wenn Vorspiel verlangt ist.
Früher habe ich auch über die Frage nachgedacht, warum Küssen früher aufhört als Sex. Jetzt weiß ich, warum. Zungenküsse, lang und feucht, sind für Fremde, deren Münder entdeckenswertes Gebiet sind. Forschungsgegenstand. Man hängt seine Zunge nicht in Münder, in deren Ecken morgens Müslikrümel sind, die man abends zahnpastabeschmiert auf dem Nachbarkopfkissen vorfindet.
Man zungenküßt nur selten einen Mund, der einem in allen Geruchsvariationen übervertraut ist — Knobi mit Zwiebeln, schal vom Alkohol, aschig vom Rauchen.
Christoph ist ein solala Küsser. Er liebt's grandcanyonmäßig, Münder bis zum Anschlag auf, hallo Zäpfchen, hinein die Zunge. Auch als Lover ist er kein Rhett Butler, aber freundlich dabei. Er liebt die Rückenstellung, seine. Ver-

wöhn mich, sagt er, was ich als sportliche Herausforderung betrachte. Sexuelles Aerobic. Seit meinem 16. Lebensjahr beherrsche ich alle akustischen Varianten des vorgetäuschten Orgasmus, damit die Sache nicht zu lange dauert. Das schrille Kreischen für den rustikalen Lover, seit meiner Heirat ein bißchen eingerostet, das abgehackte Stöhnen, das leise Jammern, das dramatische Hinundherwerfen des Kopfes, das ich aufgegeben habe, seit ich mich einmal ganz fürchterlich an der Bettkante stieß.
Für Christoph habe ich die abgehackte Stöhnvariante perfektioniert. Manchmal, wenn die Kinder ausnahmsweise früh im Bett sind, nach einer Flasche Rüttgers Club, ist die Ekstase sogar echt. Dann bin ich richtig dankbar, und Christoph wundert sich über meine gute Laune.
Aus dem Badezimmer hörte ich das laute Prusten, mit dem mein Ehemann jeden Abend seine Zahnhygiene betreibt. »Liebling«, rief er, und ich wußte, was kam, »wollen wir es uns gleich ein bißchen gemütlich machen?«
Ich seufzte. Neben mir lag die neue Utta Danella, ich hatte schon drei Kinder, Sex also nichts mehr mit Fortpflanzung zu tun, nur noch mit Vergnügen. »Okay«, rief ich zurück, »aber beeil dich, in 20 Minuten fängt Dallas an.«
Als er das Schlafzimmer betrat, trug er nur sein Oberteil. Er wollte also auch schnell zur Sache kommen. Ich rutschte auf seine Seite rüber, weil ich nasse Stellen im Bett hasse, schielte zur Uhr, noch 18 Minuten, und griff ins Eingemachte. Er griff zurück und fand diesmal, Göttin sei's gedankt, die richtige Stelle. Manchmal fummelte er so ungeschickt herum, daß ich die Geduld verlor. Warum, so fragte ich dann in die dunkle Nacht, warum

nur sind die meisten Männer keine Handvirtuosen, warum schrammeln sie, womöglich mit klammen Fingern (!), am weiblichen Instrument, statt sanft und sicher in die Saiten zu greifen?
13 Minuten vor Dallas, ich hatte gerade einen kunstvollen, sogar halb echten Stöhner herausgequetscht, klingelte das Telefon auf dem Nachttisch. In meiner Hand erschlaffte es, während ich den Hörer abnahm. Das konnte nur meine Schwester Jenna sein. Perfektes Timing. Jetzt mußte ich noch mal ganz von vorn anfangen.
»Was willst du um diese Zeit?« grunzte ich.
»Schwesterherz«, ertönte ihre fröhliche Stimme vor dem Hintergrund einer offensichtlich angeheiterten Tafelrunde, »ich sitz hier gerade im *La Plage*, mit fünf netten Herren aus der Modebranche, nur drei davon sind schwul. Willst du nicht kurz vorbeikommen? Mister C. kann doch auch allein vor dem Fernseher einschlafen.«
»Wir schlafen nicht«, zischte ich leise, »wir sind im Bett, du störst uns.«
»Excuse me«, rief sie laut, wahrscheinlich verfolgte das ganze Lokal mit Henkelohren unser Gespräch, »dann will ich eure eheliche Frustnummer nicht weiter aufhalten.«
Sie hängte ein, ich legte den Hörer auf. Das Gebilde in meiner rechten Hand war inzwischen zur Schneckenform geweicht.
»Bist du noch in Stimmung?« fragte ich den Körper, der mit geschlossenen Augen neben mir lag.
Ekstase — oder eingeschlafen? Gedämpftes Schnarchen war zu hören. Ich lächelte. Dann stellte ich den Fernseher leise an und schlug mein Buch auf.
Danke, Schwesterherz.

Jenna

Als ich den Hörer aufgelegt hatte, griff ich als erstes zur Zigarette. Irgendwie regten mich die Gespräche mit meiner Schwester Marie-Viola immer ein bißchen auf, und ich verfiel wieder in meine schlechten Gewohnheiten. Rauchen zum Beispiel. Wir hatten es uns beide zusammen abgewöhnt, und sie, die widerlich Konsequente, die vor ihren drei Kaiserschnittentbindungen der Narkoseschwester auf die Frage: »Wieviel rauchen Sie?« frech ins Gesicht gelogen hatte: »Nicht mehr als 'ne Schachtel.« »Dann werden's wohl zwei sein«, sagte die ungerührt, was immer noch untertrieben war, sie also riß jetzt jedesmal die Balkontür auf, wenn ich nur meine Handtasche öffnete. Noch nicht mal postkoital war sie verführt, was für oder gegen Christoph sprechen mochte.

Ich war wieder schwach geworden, zumal in einer reinen Männerrunde wie an diesem Abend, wenn mir fünf potentielle Lustspender gegenübersaßen und aus den verschiedensten Gründen keiner in Frage kam. Die zwei Unschwulen hatte ich blitzschnell auf ihre spätere Verwendbarkeit als Ehemänner und Väter meiner noch zu gebärenden Kinder überprüft. Der linke, ein Moderedakteur von *Elle* — mein dünnes Haar und seine blaßblauen Augen, was für ein häßliches Baby! Der rechte, Abteilungsleiter von Hertie, verdiente höchstens acht Mille im Monat, da würde ich kein Babyjahr einlegen können. Wenn es mal soweit ist.

In dem Gespräch an diesem Abend ging es um die neuen Modeschöpfer in der ehemaligen DDR.

»Ich hab da einen aus Stralsund aufgetan, der macht auf

Retro-Look der frühen Siebziger«, schwärmte Blaßauge. »Erinnern Sie sich noch an die Rippchenpullis aus Neon, die Plateauschuhe, die Hosen mit Glöckchenschlag?«
»Aus Erzählungen«, murmelte ich, mußte ich doch — in dieser Runde von Wenn-auch-nicht-in-Frage-Kommenden, so doch Männern — nicht mein vorbiblisches Alter veröffentlichen. Ich war 35, nicht weit von meiner fünften Dekade entfernt, die Schreckensworte barg wie Wechseljahre, Witwenbuckel, trockene Schamlippen. Noch stand ich im Saft, doch wie lange noch?
»Wollen wir in meiner Hotelbar noch über die Einzelheiten Ihrer Reportage sprechen?« unterbrach Mr. Hertie meinen trüben Gedankenfluß mit einer feuchten Hand, die er kurz über meinem Knie deponierte, da, wo ich am kitzligsten bin. Das Magazin *Dolce Vita*, für das ich seit drei Jahren unterbezahlt und übergestreßt als Reporterin arbeite, wollte eine Geschichte über Kaufhausmode, vorgestellt von den Angestellten ebendesselben. Eine Idee, für die ich mich schämte, Abitur zu haben, aber mein Chefredakteur Manfred Prieß, ein kurzer Dicker mit eingestanzten Haarinseln auf dem Kopf, durch die rosa Kopfhaut schimmerte, verstand sich als innovativer Modeexperte.
Nur keine langweilig perfekten Models, hieß seine Devise, Mode ist fürs Volk und soll vom Volk vorgestellt werden. Daß das Volk zum großen Teil häßlich ist, war eins der kleinen Hindernisse meiner Arbeit. »Sie sind doch auch keine Illustriertenschönheit«, hatte er sich gleich am Anfang unserer Zusammenarbeit bei mir beliebt gemacht. »Sie bringen mir den Ansatz von der Straße mit. Machen Sie 'ne Story, die riecht.«

Meine erste Geruchsgeschichte hatte das Liebesleben von Gastarbeitern behandelt, und noch Monate später war mein Anrufbeantworter jede Nacht voll von lüsternen Angeboten mit leichtem oder mittelschwerem südlichen Akzent. Am hartnäckigsten war Piero aus Andalusien, den ich in meiner Reportage als einen »John Travolta aus der Baugrube« präsentierte. Der Fotograf hatte ihn als Brando-Verschnitt mit weißem T-Shirt und viel Präpotenz im Blick vor einen Preßlufthammer gestellt. Die zahlreichen Zuschriften — »Bin eine 42jährige, alleinstehende Sozialarbeiterin und tue gern etwas für die Völkerverständigung« — leitete ich kommentarlos an Piero weiter, obwohl es mir in den Fingern juckte, etwas Süffisantes dazuzuschreiben.
Auch das Thema »Bademode im Altersheim« war ein großer Erfolg gewesen. Wir hatten Schulmädchen mit Eierschalen hinterm Ohr vor einer Kulisse von geilen Rentnern fotografiert. Ich unterzeichnete diese Story mit meinem Pseudonym Elvira Sandhügel. Falls meine Mutter in dieser Woche zum Zahnarzt mußte, sollte sie sich ihrer Tochter nicht zu schämen brauchen.
»Sorry«, sagte ich zu Mr. Hertie, »diese müden Knochen wollen in die Horizontale.«
Verdammt, das falsche Stichwort! Das er sofort aufgriff: »Kann ich Ihnen dabei nicht behilflich sein, junge Frau?«
Während ich den Kopf schüttelte, mußte ich an meinen Schwager denken. Marie-Viola hatte mir in einer dieser schwesterlichen Plauderstunden erzählt, wenn Mann und Kinder schlafen und ich meistens so viel Tee trinke, daß ich alle zehn Minuten pinkeln gehen muß, wenn also

alles auf den Tisch kommt, meine Entjungferung mit 19 auf der Tischtennisplatte im Partykeller von Harry Heller, als ich nach Hause kam und sie weckte, und als sie fragte: »Na, und, wie war's?«, und ich antwortete: »Ich weiß nicht, ob es das schon war«, und…

Aber ich schweife ab. Sie hatte mir also erzählt, daß Christoph einen Kleinen hat. Nicht richtig freakig klein, nicht babyspargelklein, aber kleiner, als ihm lieb war. Und daß er in der ersten Nacht ganz besorgt gefragt hatte: »Spürst du mich?« Was mich enttäuschte, weil er eigentlich genau mein Typ ist. Marke Ritter Sport — quadratisch, praktisch, gut. Kompakt, mit leichtem Brusthaargeflaum auf der Brust, keine dicke Wolle, das verabscheuten wir beide. Er hatte wunderschöne, muskulöse Oberarme, und wenn ich seine Hände sah, zupackende, warme Hände, dann stellte ich mir manchmal allerhand vor, was meine Schwester nicht wissen durfte.

Christoph

Christoph wachte zuerst auf, weil er, zu seinem großen Ärger, den leichteren Schlaf hatte. Gabriel, sein jüngster Sohn, stand vor dem Bett und sagte fordernd: »Muß Pipi.«

»Geh zu Mama«, brummte Christoph und rollte sich in Schlafposition.

»Mama läft noch«, meinte Gabriel, und seufzend erhob sich der müde Vater und schleppte sich in Richtung Klo.

»Willst du sitzen, oder soll ich dich halten?« fragte er.

»Von der Leiter Pipi«, meinte Gabriel.
Auch das noch. Alles würde natürlich daneben gehen, nur weil Marie und er, leicht beschwipst, sich diese Variante ausgedacht hatten, damit der Zweijährige es mal im Stehen probieren konnte.
»Du kannst mit Mama Leiter«, sagte Christoph bestimmt, »vor dem Frühstück wird im Sitzen gepinkelt.«
Es war halb sieben und November, und draußen hingen die Wolken in Kniekehlenhöhe. Und Marie schlief immer noch. Den Schlaf der Ungerechten. Zwei Wecker standen auf ihrem Nachttisch, und wenn die um sieben losschrillten, dann schnellte ihre Hand hoch und stellte beide ab, ohne daß sie ernsthaft aufwachte. Als Stephanie und Daniel, Nummer eins und zwei, noch gestillt wurden und alle zwei Stunden an die Brust wollten, da war es Christoph gewesen, der die schreienden Kinder an die schlafende Mutter legte.
Im Schlaf liebte er Marie am meisten. Der leicht geöffnete Mund, der keine spitzen Bemerkungen machte, sondern rund in ihrem Gesicht lag wie ein Froschteich, die rosig aufgepuffte Haut, die wirren Haare: Wenn er sie so daliegen sah unter einer Bettdecke und zwei Wolldecken, schoß ihm nach sechs Jahren Ehe noch immer eine heiße Welle von Zärtlichkeit ins Gesicht.
Er schüttelte sie. »Liebling, aufwachen, der neue Tag will dich.«
Es grunzte aus der Bettdecke. Wenn er jetzt nicht zu drastischen Maßnahmen griff, würde sie noch bis Mittag pofen. Er blies ihr ins Ohr, was sie im wachen Zustand haßte. Nichts. Die drei Gläser Rotwein am Vorabend hatten sie schachmatt gesetzt. War eigentlich noch was pas-

siert? Es sprach für den lauwarmen Zustand ihrer sexuellen Beziehung, daß er sich nicht mehr genau daran erinnern konnte.
Daß der Zustand lauwarm war, lag erst seit kurzem auch an ihm. In den ersten fünf Jahren hatte er, ungeachtet ihres auf- und abschwellenden Bauches, immer Lust auf sie gehabt. Er liebte es, den Kopf auf ihren großen Busen zu legen, die Hand auf das pochende Gewölbe darunter, und sich ganz langsam vorwärtszutasten. Er liebte es, wenn sie dabei unterschiedliche Geräusche von sich gab, und ganz heiß und weich wurde. Jetzt war sie meistens unwillig, ließ sich zwar zu dem herab, was er den »wöchentlichen Gnadenfick« nannte, aber er merkte den großen Unterschied und war traurig. Das Waffenarsenal und die Begeisterung seines Einsatzes waren dieselben, trotz schlafgestörter Nächte und einem ehefraulichen Körper, der natürlich durch drei Schwangerschaften erheblich an Knackigkeit eingebüßt hatte; nur das Ziel entzog sich ihm.
Es war halb acht. Stephanie, freche sechs und sein uneingestandener Liebling, war inzwischen im Badezimmer und schminkte sich und ihre Umgebung mit Maries Lippenstiftvorräten. Daniel, drei und kein bißchen leise, stand unter der Dusche, natürlich ohne Vorhang. Die Badematte schwamm. Es war wieder so ein Morgen, wo Christoph gern zum Zigarettenkaufen gegangen wäre: »Tschüs, Liebling, ich will nur mal eben schnell 'ne Schachtel Marlboro holen.«
Marie schlief immer noch. Christoph holte tief und energisch Luft, öffnete weit das Schlafzimmerfenster und hob die Decke von ihrer Ehebetthälfte. »Ich lüfte nur

mal«, sagte er und legte sie aufs Fensterbrett. Das genügte. Mit dem Aufschrei: »Ich hasse dich!« sprang Marie aus dem Bett, taumelte ins Badezimmer. »Du Zwergenmonster, gib sofort die Lippenstifte her.« Der Tag konnte beginnen.

Das Telefon klingelte. Daniel stürzte zum Hörer. »Hallo, Mama schreit grade«, sagte er fröhlich, bevor ihm Christoph schwer atmend den Hörer entreißen konnte. Er arbeitet als Karikaturist für diverse Tageszeitungen und wollte, wenn Kunden anriefen, den Eindruck von cooler Professionalität erwecken. Wenn er einen wichtigen Anruf erwartete, gab Marie sich als seine Sekretärin aus. »Wissbach-Cholewa und Partner, guten Tag«, flötete sie dann. »Er ist gerade im Meeting. Moment, ich schau, ob er zu sprechen ist.«

Da dies ein Morgen war, der sich selbst ans Bein trat, war ausgerechnet Hans-Jürgen Sachs vom *Berliner Morgen* am Apparat, ein bluthochgedrückter Ressortleiter für Aktuelles, der alles am besten schon gestern wollte und jedesmal die Preise drückte. Christoph wünschte ihm Pest und Cholera gleichzeitig an den Hals, aber das Blatt hatte eine Auflage von 800 000, also preßte er Höflichkeit in seine Stimme: »Herr Sachs, was kann ich für Sie tun?«

»Morjen, Cholewa«, knurrte Sachs. Das Schnippen des Feuerzeugs verriet Christoph, daß es mit dem Aufgeben wieder nicht geklappt hatte. »Also dieses Bildchen« (Christophs Magenschleimhaut vibrierte jedesmal, wenn seine liebevollen Zeichnungen als Bildchen bezeichnet wurden) »von Kohl, finden Sie nicht, daß es ein wenig übertrieben ist? Der Mann hat ja eine ganze Kinnfamilie. Ich kenne ja Ihre politischen Wünsche, Cholewa, aber

die Bildunterschrift ›Ihro Mulschigkeit — die Birne von gestern‹ halte ich für etwas voreilig.«
Christoph seufzte, und während er mit einem Arm den um sich tretenden Daniel vom Telefon fernhielt — »Nein, jetzt ist Papa dran, sei ruhig, ja, es gibt gleich Kaba« —, antwortete er: »Herr Sachs, es ist nur eine Frage der Zeit, bis die CDU in sich zusammenfällt. Waren Sie kürzlich mal bei Aldi, haben Sie nachts eine Zigeunerfamilie in Ihrem Häusereingang gefunden, wenn Sie morgens zur Arbeit wollten, und dann die kleinen Häufchen aufgesammelt, die sie hinter die Mülltonnen geschissen haben? Diese ganze Wiedervereinigung ist eine einzige Katastrophe, und wenn Sie heute eine Umfrage machen würden, mindestens die Hälfte der Deutschen würden zu Fuß nach Berlin gehen und die Mauer wieder aufbauen, Stein für Stein.«
Dem stakkatohaften Rauchausblasen am anderen Ende war zu entnehmen, daß Hans-Jürgen Sachs dabei war, die Geduld zu verlieren. »Cholewa«, bellte er, »keine Politik am frühen Morgen. Ein neues Bildchen bitte, mit weniger Bauch und allerhöchstens drei Kinnen. Haben wir uns verstanden?«
Es klickte, und Christoph gab Daniel den Hörer in die kleine Faust: »Du darfst einmal Scheiße sagen, aber ganz leise, daß Mama nichts hört.«
»Okay«, sagte Daniel glücklich und hielt den stummen Hörer ganz dicht an den Mund. »Scheiße«, flüsterte er mit leuchtenden Augen, »Scheiße, Scheiße.«

★ Männer und Frauen passen
einfach nicht zusammen. ★

Jenna

Als ich aufwachte, lag mein Kopf wie ein klopfender Stein zwischen zwei verkrampften Schultern. Es kostete mich fast übermenschliche Anstrengung, ihn hochzuheben und in Weckerrichtung zu drehen, was mich daran erinnerte, daß man in meinem Alter mit dem Alkohol vorsichtiger sein mußte. Ich blickte zur Seite – Gott sei Dank, kein fremder Männerkopf.

Ich wurde nur noch gelegentlich schwach, unter anderem deshalb, weil ich mit dem Überstülpen dieser Gummis nur nach sehr viel unerotischem Gefummel klarkam. Und wenn es dann endlich soweit war, ließ das mühsam hochgezüchtete Pflänzchen meiner mittelalterlichen Lust oft sein welkes Köpfchen hängen.

Diese lächerlichen Dialoge!

Sag mal, hast du was dabei? Du meinst ...? Genau. Mach mal die Nachttischschublade auf deiner Seite auf. Raschel, raschel. Wieso hast du denn 'ne Klinikpackung? Weil die billiger ist. Brauchst du denn so viele? Nein, meine reichen mindestens drei Jahre. Ach so. Willst du oder soll ich? Ne, mach ruhig selber. Okay.

Um Gottes willen, acht Uhr durch. Ich war mit Marie zum Frühstück verabredet. Danach hatten wir einen gemeinsamen Job. Marie ist der einzige weibliche Paparazzi aus Hamburg; für ihre Fotos von Freddy Quinn am Nacktbadestrand von Amrum hatten sie sich ein neues Schlafzimmer gekauft. Auch Vicky Leandros oben ohne war ein Knüller. Marie liebte es, in den Abend- und Nachtstunden, wenn die Kinder im Bett waren und Christoph vor der Glotze saß, vor Hotels und Bars ihren Opfern aufzulauern. Ihre Tips bekam sie von ihrem besten Freund, dem Klatschreporter Jan Vogel; wenn sie was Lukratives abschoß, war er mit 25 Prozent dabei.

Heute vormittag hatten wir einen legitimen Auftrag: Interview mit Tony Cazzone, in der Branche ehrfürchtig »der Schwanz« genannt, der seine neue Platte *»Nostalgia«* im Interconti vorstellte. Ich sah dieser Begegnung mit gemischt-gespannten Gefühlen entgegen, denn vor 1000 Jahren hatte ich mal einen 1½-night-stand mit ihm verbracht. Wir waren beide so daneben gewesen, daß ich mich an nichts mehr erinnern konnte, und hoffte inbrünstig, er auch nicht. Als ich ein paar Jahre später in einer Illustrierten las: »Tony Cazzone — Ich habe es in München mit einer ganzen Sambatruppe getrieben, die Damen kamen sich im Fahrstuhl entgegen«, ließ ich sofort einen Aidstest machen. Doch wenn ich Tony im Fernsehen sah, konnte ich erleichtert feststellen, wie gut er noch im Futter stand.

Ich duschte kalt, weil sich die Poren schließen müssen. Das hatte mir meine Mutter mit fünf Jahren erklärt, und es leuchtete mir schon damals sehr ein. Ich stellte mir die Mehrzahl der Warmduscher mit lauter Löchern in der Haut vor, mit großen, schlaffen Kratern im Gegensatz zu meiner rosig durchbluteten, durch den eiskalten Powerstrahl fest versiegelten.

Dann rief ich Marie an. »Scheiße, Scheiße, Scheiße«, krähte eine Kinderstimme. »Daniel, hier ist Jenna«, sagte ich, »ist Mama schon auf?«

Im Hintergrund hörte ich Christoph: »Ich stoß das Bett um, wenn du jetzt nicht aufstehst.«

Kurz darauf meine Schwester am Telefon: »Bring Brötchen mit«, nuschelte sie — Zahnpastaschaum? — und knallte den Hörer auf.

Schließlich rief ich im Büro an. »*Dolce Vita,* Redaktion«, hauchte meine Sekretärin Tinka, stimmäßig auf spannendere Anrufe eingestellt. »Was kann ich für Sie tun?«

»Ich bin's«, dämpfte ich sie gleich, »bin heute vormittag im Interconti bei Tony Cazzone, zur Nachmittagskonferenz wieder da.«

Sie kicherte. »Machst du wieder eins deiner eindringlichen Interviews mit ihm?«

Ich verfluchte die letzte Weihnachtsfeier, bei der ich zu vorgerückter Stunde zum Thema »Mein peinlichstes Erlebnis« mit Tony Cazzone aufgewartet hatte. »Wenn du nicht die Schnauze hältst, werde ich deine Nacht mit dem Pförtner verbreiten«, drohte ich, »und wie du den Abdruck deiner Titten an alle unsere Anzeigenkunden gefaxt hast.« Schweigen.

»Was ist eigentlich Tony Cazzone, eine neue Spaghettimarke?« fragte Tinka hastig.

»Schon besser«, grinste ich, und knallte den Hörer auf.

Uta

Es war mir unklar, warum die Spermaproben am Montag immer kümmerlicher ausfielen als an allen anderen Tagen. Da wir unsere potentiellen Väter jedesmal mit der Bitte: »Alles aufsparen, erst am Montag morgen loslegen«, ins Wochenende schickten, hätte man das triebgepeinigte Gegenteil annehmen können. Oder bildet sich Sperma frustriert zurück, wenn es nicht zum Einsatz kommt? Die Verlegenheit der Überbringer war allerdings an jedem Tag dieselbe — mit gesenkten Augen traten sie an meinen Tresen und nuschelten leise: »Hier ist die Probe, Fräulein.« Ganz Schamvolle wickelten den kleinen Plastikbecher in Alufolie.

Völlig unnötig, denn Dr. Heiko Ahrends, bei dem ich seit drei Jahren als Sprechstundenhilfe arbeitete, war als Fertilitätsspezialist in ganz Deutschland bekannt und über 90 Prozent seiner Patienten deshalb verhinderte Väter. Sie kamen unwillig, angespannt-cool, nachdem sich ihre Partnerinnen, die verhinderten Mütter, bereits jeder denkbaren Prozedur unterzogen hatten. »Mein Sperma ist okay«, hatten die Männer behauptet und leicht genervt zugesehen, wie sich ihre gestreßten Frauen morgens, noch vor dem Pinkeln, ein Thermometer zwischen die ungeputzten Zähne schoben, wie sie sich selber die Hormonspritzen in die Pobacken drückten und um den Eisprung herum ihre Urinproben in der Handtasche zum Frauenarzt transportierten. Irgendwann waren diese Frauen ausgeflippt, und jetzt standen die Männer da und schoben ihre Ergüsse über den Rezeptionstresen.

»Danke, Herr Jürgens«, sagte ich freundlich und nahm

den Yoghurtbecher in Empfang, auf dessen Grund ein kleines Pfützchen klebte. Es gehörte zu den delikaten Aufgaben meines Berufes, den Patienten taktvoll klarzumachen, wenn die Probe nicht ausreichte.
»Stimmt es so?« fragte Herr Jürgens verschreckt.
»Es könnte ein bißchen mehr sein«, flüsterte ich, »kommen Sie bitte mit.«
Wir gingen in einen kleinen Raum, den wir das »Sexkabinett« nannten. An der Wand stand ein Sessel, davor ein Tisch mit *Playboy, Penthouse* und *Hustler*. »Schauen Sie sich beim nächstenmal in Ruhe diese Hefte an, dann wird es sicher reichen.«
Er schluckte: »Kann ich's nicht gleich probieren? Dann hab ich's hinter mir.«
Ich seufzte. Wie ich es manchmal satt hatte, diese Spermaprobleme tagaus, tagein. Ich wollte keine Kinder und fand diesen Fortpflanzungswahn unverständlich. Im Augenblick war ich nach einer kurzen, heißen Affäre mit einem Geschäftsmann (selbstverständlich verheiratet, Sex in der Mittagspause auf der Besuchercouch, bitte keine Gespräche durchstellen, Frau Meyer) beziehungslos und zufrieden.
»Tut mir leid, Herr Jürgens«, bedauerte ich, »Sie müssen wieder ein bißchen ansammeln, drei Tage kein Alkohol, keine Zigaretten, kein Sex.«
Am Tresen wartete ein neuer Patient. Groß, blond, Patrick-Swayze-Softie in schwarzer Lederjacke, engen Jeans, Cowboystiefeln. Dieser Wahnsinn hatte dünnes Sperma? Mein Gott.
»Waren Sie schon einmal hier?« fragte ich sachlich.
»Nein«, sagte Swayze, und auch die Stimme tat Dinge in

meinen Kniekehlen, die Spermaproblematiker sonst nicht tun, »aber ich habe etwas dabei.«
Schade, dachte ich. Laut sagte ich: »Geben Sie es mir bitte.« Ob er sein kleines Präsent wohl auch in Alufolie eingewickelt hatte?
Er wühlte in seinen Manteltaschen, fluchte: »Scheiße, das darf doch wohl nicht wahr sein.«
Rot bis in die Ohrläppchen, blickte er hoch und ich hätte ihn am liebsten gleich hier und jetzt, auf dem Tresen. »Der Deckel ist abgegangen, ich hab das Zeug in der Tasche«, teilte er mir mit.
»Dann müssen Sie noch mal wiederkommen«, sagte ich.

Tony

Er blieb sitzen, ließ sie den ganzen Weg über den rotgrau gemusterten Teppich der Hotellobby bis zu der Sitzgruppe kommen, wo er mit seiner Agentin, dem Promotiongirl der Plattenfirma und seinem Manager saß. Jenna Wissbach, hatte er damals mit ihr oder nicht? Er hatte mit so vielen, daß er sich an die letzten 20 Jahre, die er als wandelnde Geschlechtsdrüse verbracht hatte, kaum noch erinnern konnte. Wahrscheinlich hatte er, denn sie war blond, ihr Busen sah selbst unter dem weiten Pullover ziemlich vielversprechend aus, und ihre Unterlippe war voll und kußfreundlich. Als sie vor ihm stand, erhob er sich, schenkte ihr seinen »Na, wie wärs?«-Blick, der ihm zur zweiten Natur geworden war, selbst bei Briefträgern und seiner Mutter, und sagte: »Ich bin zu allen Schandtaten bereit.«

Jenna

Ich blickte ihm streng und neutral ins Triefauge — ich bin zwar single, aber immun, mein Lieber — und sagte mit meiner erprobten Reporterstimme: »Herr Cazzone, mein Name ist Wissbach. Ich freue mich, Sie wiederzusehen.« Dann stellte ich meine Schwester vor, die unfairerweise, obwohl ungeduscht und mit dicker Laufmasche in der schwarzen Strumpfhose, wie Kim Basinger für Arme aussah, schludrige Locken, bettwarmes Gesicht.

Ich sah sofort, wie sie von Tony gemustert wurde, an diesen Beischlafblick erinnerte ich mich gut. Vorsichtshalber hatte ich ihr auf dem Hinweg von den dürren diesbezüglichen Qualitäten unseres Interviewopfers berichtet und unter Beachtung meines Reportercredos »Übertreibung macht anschaulich« den Satz tröpfeln lassen: »Wenn ich mich recht entsinne, dann vögelt er wie ein Kaninchen. Oft und kurz.«

Der Blick von Marie war deshalb kühl und uninteressiert: »Wissbach-Cholewa«, sagte sie, »ich bin die Fotografin.«

Wir setzten uns in die Lobby, ein paar Schritte weiter lungerten ein paar Muttis herum, Fanalben im Anschlag. Ich ignorierte sie und stellte meine erste Frage: »Herr Cazzone, wie erklären Sie sich Ihr überraschendes Comeback?«

Er lächelte siegessicher, fast mitleidig. »Ich war ja nie weg, gnädige Frau«, sagte er freundlich. »Jeder in Deutschland kennt mich. Auch in meinen sieben zugegebenermaßen mageren Jahren. Wenn ich zum Beispiel eine Sauna besuchen will, gemischt natürlich, dann gibt es jedesmal einen Aufstand.«

»Warum«, konnte ich mir leider nicht verkneifen, »weil Sie so gut gebaut sind?«

Jetzt grinste er fett wie Butter. »Müssen Sie das wirklich fragen, gnädige Frau?«

Trotz langjähriger Berufserfahrung spürte ich diese unerwünschte Hitze, die mir langsam vom Hals ins Gesicht stieg. Verdammt. Wo war Marie? Sie kauerte über ihrer Kameratasche, den Kopf verdächtig tief. »Marie, vielleicht machen wir gleich ein paar Interviewfotos«, schlug ich vor. »Marie?«

»Sofort«, grunzte es aus der Tasche, und ich hörte an ihrer Stimme, daß sie sich verzweifelt bemühte, ihr Kichern unter Kontrolle zu bringen. Auch ich spürte dieses hochnotpeinliche Grollen in mir, das danach lechzte, sich in einem langen, lauten Gegacker zu befreien. Schluß, Jenna, rief ich mich streng zur Ordnung, und biß diskret, aber hart in meinen rechten Handballen. Ich war schließlich Profi.

»Herr Cazzone«, fragte ich und dachte dabei an meine Steuererklärung, »Sie sind im besten Mittelalter, seit zwei Jahren Star der Fernsehserie *Die Trattoria am Gardasee*, Ihre Galas laufen bombig. Haben Sie endlich mit dem Trinken aufgehört?«

Stille. Ich hatte ihn am Kragen. Maries Leica war im Hocheinsatz. Ich checkte meinen Sony. Die rote Lampe blinkte. Wir warteten.

Dann lächelte Tony plötzlich und sagte ganz sanft: »Fräulein Wissbach, Sie sind eine wißbegierige Person. Sie dürfen wählen. Was interessiert Sie mehr — die Beschaffen-

heit meines Geschlechtsteils oder mein Alkoholkonsum?«
»Hat eins denn nicht mit dem anderen zu tun?« fragte ich zuckersüß zurück.

»Paß auf, Rot!« schrie Marie und griff in mein Lenkrad, über das ich mich, vom Lachen völlig erschöpft, gekrümmt hatte. »Hast du sein Gesicht gesehen?« stieß ich hervor.
»Ja, ich hab's gesehen. Er sah idiotisch aus. Ich hab vier Rollen Film, viel zu wenig«, schimpfte Marie. »Warum kannst du denn in solchen Momenten nicht *ein* Mal den Mund halten. Ich denk, du willst'n Profi sein?«
Eine berechtigte Frage, aber mein Schöpfer in seiner göttlichen Unberechenbarkeit hat mich leider so geschaffen; ich wäre sonst geplatzt. Diese flippigen Antworten, das freche letzte Wort, sie sind draußen, ehe ich darüber nachdenken kann. Schon so manches Mal bin ich schmallippig verabschiedet worden, ist mein Gesprächspartner mit den Worten: »Ich glaube, Ihre Zeit ist abgelaufen« aufgestanden. Die energische Ehefrau eines bekannten Schlagersängers hat sogar auf die Aus-Taste gedrückt, als ich ihren Gatten fragte: »Wieviel Geld hat es Sie eigentlich gekostet, daß die Fotos von Ihnen in Domenicas Peitschenkeller nicht veröffentlicht wurden?« Aber es juckt mich einfach, ein bißchen Pfeffer auf ein Interview zu pudern, das ansonsten leise vor sich hinschnarcht. Und was interessiert denn die Leute an Stars? Etwa, für welches Waisenheim sie gespendet haben? Oder warum sie wieder in die Kirche eingetreten sind? Na also.
Beim Mittagessen in Maries Wohnung spürte ich an mei-

nem allmonatlichen Ziehen, daß ich mir keine Gedanken darüber machen mußte, ob der amerikanische Musiker vor drei Wochen für ein- oder zweisprachige Erziehung war. Warum war ich plötzlich so enttäuscht? Die berüchtigte, biologische Uhr? In den letzten Monaten hatte sich mein früher so eindeutiges Verhältnis zu Kindern — ein vorsichtiges Auf-den-Hinterkopf-Getätschel, aber kein klebriges Auf-dem-Schoß-Gesitze, Tante: jein, Mutter: vielleicht eins vor den Wechseljahren — in eine merkwürdig hartnäckige Sehnsucht verwandelt. Ich sah mich schwanger, leuchtend ausgefüllt, mütterlich gerundet ohne Schwangerschaftsstreifen, ich fühlte das Kicken, mein braves Kind auf dem Schoß, wenn ich Elton John interviewte — »Fernando/a liebt Flugzeuge und Hotelhallen, er/sie ist pflegeleicht und international« —, ein Kind, das viel schlief und auch ansonsten sehr friedlich war. So friedlich, daß auch ich immer runder und harmonischer wurde, mich nichts mehr aufregte, ich allgemein ein netterer Mensch wurde. »Jenna ist als Mutter noch schöner geworden«, würden die Leute sagen, »fabelhaft, wie lässig sie Beruf und Baby kombiniert.« Ein Vater war in diesem Bild nicht vorgesehen, höchstens in der Zeugungsnacht.

»Dany hat mich heut gefragt, was Ficken ist«, unterbrach Marie meine Träumereien. »Wie soll ich das denn wissen, schließlich bin ich sechs Jahre verheiratet.«

Christoph, der gerade Pesto über die Spaghetti löffelte, sagte gar nichts. Ich wußte, daß er in seiner Nachttischschublade einen Satz Kondome mit Schweinepfote unter den Taschentüchern vor den Kindern versteckte, womit er vermutlich seine allwöchentlichen sexuellen Wiederbelebungsversuche machte.

Es war überhaupt gut, daß er nicht wußte, wie genau ich über sein Intimleben Bescheid wußte. Daß er einen kleinen Dicken mit leichter Rechtskrümmung hatte. Daß er leicht schwitzte und Softpornos liebte, die meine Schwester vom Videoladen um die Ecke auslieh, mit Plastiktüte von Karstadt, damit die Nachbarn nichts merkten. Daß er auf der Skala von eins bis zehn eine solide Fünf war, mit manchmal Tendenz zur Sechs.

Der Küchentisch, an dem wir mit den Kindern saßen, glich einer Verkehrskreuzung nach einer Massenkarambolage. Stephanie manschte mit der Ketchupflasche, in die sie ein Brötchen krümelte. Daniel spielte Regen mit dem Salzfaß, und Gabriel rief aus dem Badezimmer: »Mama, Schiedischadi.«

»Bleib sitzen, Mama kommt!« rief Marie, aber es war zu spät.

Schwankend und stolz kam Gabriel mit dem Topf in die Küche.

»Hab Schiedischadi macht«, sagte er stolz, und ich dachte: »Willst Du *das* wirklich?«

★ Why am I soft in the middle now
when the rest of my life is so hard?
Paul Simon ★

Heinrich

Er hieß Heinrich Faltermeyer, und so sah er auch aus. Groß, trichterbrüstig, intellektuell, mit leichtem Mundgeruch, wenn er aufgeregt war oder in der Hektik seines Ressortleiterlebens zu wenig gegessen hatte. Er verehrte Jenna mit einer Mischung aus Unsicherheit und Ungeschicklichkeit, die sie noch nie bemerkt hatte, weil sie auf Robert de Niro stand und er eine Kreuzung von Dieter Thomas Heck und Michael Groß war. So wenig kam er für sie als Sexualpartner in Frage, daß er mit zusammengepreßten Lippen und drohendem Magengeschwür, von ihr als Klagemauer für ihre zahlreichen Männergeschichten zwangsverpflichtet worden war. Von ihm als männlichem Neutrum erwartete Jenna Antworten auf Fragen wie: »Könnt ihr eigentlich auch einen Orgasmus vortäuschen?« Als er darauf unvorsichtigerweise »Ich glaube schon« geantwortet hatte, mußte er hinter verschlossener Tür die Töne vormachen, damit Jenna entscheiden konnte, ob sie sich echt anhörten oder nicht.

O-Ton Heinrich

Mein Plus war die Tatsache, daß ich bei *Dolce Vita* als Ressortleiter für Lifestyle-Themen arbeitete und damit Jennas direkter Vorgesetzter war. Nicht, daß ich diese Position ausnützen wollte, das hatte ich weiß Gott nicht nötig, insgeheim hoffte ich jedoch, daß meine kleine Macht sie ein wenig schärfer machte. Ich rollte deshalb meine Hemdsärmel hoch und trug rote Hosenträger; mein Anblick sollte Kompetenz, Hektik, Erfolg signalisieren, vermischt mit der Aura einer internationalen Zeitschrift. Als unsere Sekretärin, eine schrille Schwarzgefärbte namens Tinka, sie anmeldete, schob ich schnell eine Zigarette zwischen die Lippen. Ich wußte, Jenna mochte es lässig.

Während sie mein Büro betrat, wie immer in Eile, wie immer mit einer kleinen textilen Unachtsamkeit, diesmal war's die Bluse, die hinten aus dem Rock hervorquoll — wo hatte sie die Mittagspause verbracht? —, spürte ich wieder dieses Ziehen in der Magengrube, diese Unsicherheit, die ich mit einer forschen Stimme zu übertönen versuchte: »Jenna, setz dich. Wie war's bei Tony? Hat er sich noch an dich erinnert?« Ich hatte die letzte Weihnachtsfeier ebenfalls an ihrem Tisch gesessen.

Sie setzte sich, wobei ihr ohnehin kurzer Rock in für meine Libido quälende Höhen rutschte. »Natürlich, Heinrich. Was gibt's?« fragte sie und blickte zur Uhr, eine Frau in Eile.

Ich kannte viele ehrgeizige Frauen, aber keine wie Jenna. Sie war Lady Ehrgeiz persönlich. Als erste am Schreibtisch, als letzte am Computer. Vier Schachteln Kim lagen bei Arbeitsbeginn auf ihrem Schreibtisch, am Abend war der Papierkorb voll von Kippen, rotgeküßt mit Lippenstift. Schade, daß ich keine Kippe war! Sie war hoch geschätzt im Verlag, eine erstklassige Schreiberin, voller Geist und Witz.

Um so mehr hatte ich mich über das sauertöpfische Manuskript vor mir gewundert, dessen Thema, »Sexlügen im Bett«, sie selbst vorgeschlagen hatte. Es handelte vom angeblich deutschland-, wenn nicht europa-, wenn nicht gar weltweiten Frust der Frauen, die allesamt gestraft waren durch das Zusammenleben mit einem ungeschickten Klops mit eiskalten Fingern, und ihrer mühevollen Heuchelei beim Sex. Eine Vorstellung, die ich so trübsinnig und übertrieben fand, daß ich sie nicht in *Dolce Vita* gedruckt sehen wollte.

»Jenna«, begann ich, den Blick auf ihren Pullover gerichtet, und versuchte die absolut nicht jugendfreien Bilder aus meinem Hirn zu verscheuchen, »was hast du dir bei dieser Story bloß gedacht? Wo ist denn dein Humor geblieben?«

Sofort wurde sie bissig. Ihr Baby wurde angegriffen, die Löwin fuhr die Pranken aus. »Heinrich, Heinrich«, meinte sie, »kannst du als Mann dich denn nicht der Wahrheit stellen? Ich wette, daß dir auch schon oft einer vorgehechelt worden ist.«

Ich haßte sie in diesem Augenblick. Weil sie den Finger auf meine empfindlichste Stelle (nicht die, leider) legte, und meine geheimsten Befürchtungen beim Namen nannte. Ich hielt nicht viel von meinen horizontalen Qualitäten, und wenn die Dame, die ich gerade beglückte, zu ruhig wurde, fürchtete ich, daß sie eingeschlafen war.

Was auch einmal der Fall gewesen war und ich erst bemerkt hatte, als die Betreffende anfing zu schnarchen.
»Glaubst du wirklich«, fragte ich schwach, »daß es keine Frau in Gesamtdeutschland gibt, auch nicht in der ehemaligen DDR, die im Bett richtig Spaß hat?«
»Ich habe noch keine getroffen«, sagte sie ruhig.
»Mein Gott, Jenna!« rief ich aus und vergaß völlig, daß ich ihr Vorgesetzter war. »Gehörst du etwa auch dazu?«
Sie lachte. »Was meinst du, Heinrich«, fragte sie zurück, »wie wirke ich auf dich, befriedigt oder unbefriedigt?«
Es wurde Zeit, daß wir das Gleichgewicht wiederherstellten. Ich setzte mich gerade und nahm die kaltgewordene Zigarette aus dem Mund. »Jenna«, sagte ich streng mit meiner Ressortleiterstimme, die ich vor Amtsantritt mit einem Stimmlehrer von der Oper geübt hatte — voll, resonant, leichte Betonung der Endkonsonanten —, »diese Story ist daneben, Prieß findet sie gräßlich. Aber ich hab ein anderes Thema für dich.«

Dr. Ahrends

Es war Montag morgen acht Uhr, ich war unausgeschlafen und verschnupft, und vor meinem Schreibtisch saß eine der Aufgaben, die ich an meinem Beruf so fürchtete. Rolf Lafayette, der seine Spermaprobe eingereicht hatte, weil er Vater werden wollte. Die Untersuchung hatte ergeben, daß dies medizinisch unmöglich war. Sein Sperma war so taub wie eine alte Nuß. Von den mindestens eine Million Spermien, die für eine Befruchtung notwendig waren, hatte ich unter dem Mikroskop nicht mehr als 128 gezählt. Das reichte noch nicht einmal zur Zeugung eines Hamsters.

Jetzt saß dieser Mann vor mir und knackte nervös mit den Knöcheln. Wie ich diese Situationen haßte! Diskret schob ich die gerahmten Fotos meiner Kinder zur Seite. Schließlich wollte ich nicht taktlos sein und ihm unter die Nase reiben, was er niemals schaffen würde.

»Also«, begann ich, »wir haben Ihre Probe untersucht und festgestellt...«

»Reden Sie nicht lange um den heißen Brei herum«, unterbrach er mich. »Ist etwas damit nicht in Ordnung?«

»Sie haben nicht genügend Spermien in Ihrem Ejakulat«, sagte ich bedauernd.

»Wie viel zuwenig?« fragte er aggressiv.

Die Antwort würde niederschmetternd sein für sein Ego, und ich war sicher, daß ich ihn nach dieser Demütigung als Patienten verlieren würde, aber es mußte sein: »Sie haben 128.«

»Aber das sind doch 127 mehr, als ich für die Zeugung eines Babys brauche«, witzelte er zaghaft, »ich will doch keine 128linge.«

Ich seufzte und setzte zu einer Erklärung an, daß es auch auf die Beweglichkeit ankomme und wie viele der kleinen Monster auf dem Weg zum Ei bereits abstarben, aber dann merkte ich, daß er gar nicht mehr zuhörte.

Manchmal wunderte ich mich, daß ich überhaupt noch einen hochkriegte, wenn ich nachts zu meiner Frau Doro ins Bett stieg. Da lag sie hingegossen auf drei Kissen, auf der Nase eine Brille mit aschenbecherdicken Gläsern (tagsüber trug sie Kontaktlinsen), fett glänzte die Haut, weil sie glaubte, je fetter die Creme, desto später die Falten, und sie seufzte: »Liebling, soll es heute abend wieder zum Letzten kommen?« Dieser Satz in Verbindung mit meinem Beruf hätte mich eigentlich impotent machen müssen, aber ich war scharf auf Doro wie zur Anfangszeit, als wir uns in den finsteren Lokalen am Bahnhof so rotweinbeduselt abknutschten, daß sich die Gäste genervt beim Wirt beschwerten. Lang ist's her.

»Kann man da was machen?« fragte jetzt Mr. 128, und er war richtig blaß um die Ohrläppchen.

»Wir können Ihre Hoden mikrochirurgisch untersuchen oder es mit Hormonen probieren«, sagte ich. »Die Beschaffenheit Ihres Spermas ist allerdings so gering, daß ich mir wenig davon verspreche.«

Die darauffolgende Stille war so dick wie meine Schwiegermutter. Ich hatte ihm eben einen Todesstoß versetzt, seine Männlichkeit zerschlitzt, ihn der Lächerlichkeit preisgegeben. »Sie können es natürlich jederzeit mit heterologer Insemination probieren oder ein Kind adoptieren«, tröstete ich ihn und blickte diskret zur Uhr. Um halb neun hatte ich drei Schwangerschaftsvorsorgen, danach eine Bauchspiegelung.

Ich erhob mich langsam, als mich Lafayettes donnernde Stimme mitten in der Bewegung stocken ließ: »Schlagen Sie mir etwa allen Ernstes vor, daß ich meine Frau mit fremdem Sperma vollpumpen lassen soll, womöglich von schwulen Aidsinfizierten?«

Michael

Es gibt Tage, da ist schon beim Aufstehen der Wurm drin. Die Seele wie unter Kopfkissen erstickt, der Weg vom Bett zur Dusche bereits gespickt mit Widrigkeiten. Unter dem Strahl eine kleine Woody-Allen-Nummer, zum Glück ohne Zuschauer. Die Seife flutscht weg, Schaum im Auge, man rutscht in der Wanne herum, blind, lächerlich. So fängt der Tag an. Warum bleibt man nicht im Bett und verschläft ihn? Weil man hofft, daß er zur Vernunft kommt. Tut er aber nicht. Der Milchrest riecht verdächtig, ohne Milch schmeckt der Kaffee nicht. Das Auto springt nicht an, dann endlich doch, vor der Praxis ist eine Parklücke, sollte sich das Glück noch wenden, das gibt's doch nicht, welches Arschloch, huuup, huuup. Was tun? Ganz einfach, raus, den Frechling aus dem Auto reißen, in kleine Stücke fetzen, ins Klo damit, runterspülen.

Ich hasse die Frage nach meinem Beruf. Das »Und was machst du so?« auf Partys, am Tresen, im Fitneßcenter. Was soll ich sagen? Meistens antworte ich: »Ich studiere Soziologie«, was irgendwie stimmt. Ich bin immatrikuliert, damit günstig krankenversichert, und schaue gelegentlich bei den Vorlesungen vorbei. »Reicher Vater, was?« sagen die Leute dann und schielen vielsagend auf meine Reeboks mit Pufferzone, die schlappe 300 Mark kosten, auf mein Versace-Jackett. Ich hmme dann und stelle mir die Gesichter vor, wenn ich tatsächlich die Wahrheit sagen würde: »Ich verdiene mein Geld als Samenspender.«

Die Fragen danach sind immer dieselben.

Dafür gibt's Geld?
Hast du denn soviel?
Kannst du das denn auf Bestellung?

Alle drei Fragen kann ich guten Gewissens mit Ja beantworten. Ich stamme aus Leipzig und lebe erst seit zwei Jahren in Hamburg. Meine Familie ist laut und gebärfreudig. Ich besitze sechs Geschwister, acht Onkel und acht Tanten. Schon als 13jähriger warnte mich mein Vater: »Michi, paß auf mit den Mädels! Kein Gefummel ohne Hütchen. Laß niemanden an deiner Unterhose schnüffeln, sonst bist du die nächsten 18 Jahre mit Alimenten dabei.«

Das hat Eindruck gemacht, und mein Gewissen, bis auf eine Abtreibung, ist rein. Meiner Lebensabschnittsgefährtin Inken Rehmann, einer niedlichen Chemiestudentin, habe ich sofort ein Pessar verpassen lassen. Ich saß unterdessen im Wartezimmer ihres Gynäkologen und löste das Kreuzworträtsel im *Goldenen Blatt.* Zur Sicherheit frage ich sie vor jedem Beischlaf: *»Darling, are you protected?«*, weil ich noch immer einen leicht sächsischen Akzent hab und sie gleich zu Anfang unserer Beziehung gefordert hat: »Im Bett sprich bitte Englisch, Mike.«

Ohne Verhütung läuft also gar nichts. Der Gedanke, mit 22 Jahren jede Nacht fünfmal hochzumüssen, weil im Nebenzimmer das Neugeborene kreischt und sich vollgeschissen hat, macht mich innerhalb von Sekunden vollschlapp, ein Zustand, den ich sonst nicht kenne.

Vor ein paar Monaten sprach mich mein Freund Guido an. »Du bist doch ein aufgeschlossener Mensch«, begann er.

»Ich höre«, antwortete ich.

»Wie oft schläfst du eigentlich mit Inken?«
»Das geht dich einen Feuchten an. Oft«, sagte ich.
Guido zündete sich eine Filterlose an, inhalierte tief. Hinter seiner flachen Stirn arbeitete es. »Wärst du bereit, für ein gewisses Entgelt gelegentlich auf Sex mit ihr zu verzichten?«
Ich rückte ab. War mein Kumpel auf meinen Body scharf? Hatte er Kontakte zu Zuhältern oder reichen, unbefriedigten Frauen? Ein faszinierender Gedanke, rein theoretisch natürlich nur.
»Wieviel?« fragte ich.
»250 Mark für eine Probe«, sagte Guido, »und drei Tage vorher keinen Sex, damit es auch reicht.«
Mein Gott, was gab es bloß für freakige Weiber. Wahrscheinlich hatten sie ihren Alten bei der Scheidung abgezockt und konnten jetzt ihre Lover pro Erguß bezahlen.
»Wie soll ich denn wissen, ob es genug ist?« meinte ich. »Das ist doch pervers.«
Als mich Guido dann aufklärte, wurde ich ganz still. »So was gibt's tatsächlich?« fragte ich erstaunt. »Wie heißt denn der Arzt, bei dem du, ähem, also, bei dem du abgibst?«
Inzwischen bin ich Stammgast im Hause Ahrends. »Hi, Uta«, sagte ich heute, als ich an der Rezeption mein Gläschen in Empfang nahm.
»Hey, Siegfried«, rief sie mir nach.
Ich drehte mich um. Sie winkte mich zu sich, senkte die Stimme: »Bist du brav gewesen?«
Ich nickte.
»Schön gesammelt, nichts verschleudert?«
»Klar«, sagte ich mit angekratztem Gewissen. Ob wohl

die klitzekleine Morgennummer vor zwei Tagen zählte, wo mittendrin das Telefon klingelte: »Hallo, ich bin's, Mami, seid ihr schon wach?« Doch die Miete war fällig, ich brauchte die 250 Mark.

Auf dem Weg zur »Abspritzkammer«, die direkt neben dem Sexkabinett lag und ähnlich ausgestattet war, kam ich am Wartezimmer vorbei und riskierte einen schnellen Blick auf meine Kundinnen. Es war streng verboten, sich öffentlich blicken zu lassen oder gar mit den Frauen ein Gespräch anzufangen, denn unsere Tätigkeit ist auf Wunsch aller Parteien anonym, aber manchmal ritt mich der Teufel und ich schaute mir die Frauen an. Die meisten sahen im grellen Licht der Neonschirme, hingekauert auf scheußlichbraune Cordsessel, außerordentlich vaginal-vergrämt aus. Schlecht durchblutet, irgendwie, tja, unfruchtbar. Mit keiner von ihnen hätte ich im wirklichen Leben schlafen mögen. Immer, wenn ich eine Schwangere auf der Straße sah, besonders, wenn sie strahlend aus dem Behandlungszimmer von Dr. Ahrends kam, dachte ich: »Ob das mein Kind ist?« Ein merkwürdiger Gedanke, aber einer, der mich nicht beklemmte, sondern stolz machte. Mein Sperma, der Göttertropfen, verteilt an die Unfruchtbaren, auf daß sie fruchtbar wurden.

In der Kammer ging es schnell, und Uta war zufrieden. »Halt dich in den nächsten Tagen bereit«, sagte sie, »dein Typ ist gefragt.«

Leicht benommen fuhr ich nach Hause. Schon im Treppenhaus stieg mir knobitriefender Bratenduft in die Nasenflügel. Als ich die Haustür aufschloß, kam mir Inken entgegen. Unter der Schürze war sie nackt.

»Darling«, gurrte sie, *»let's talk English.«*

★ Es müssen sich die Weiber legen
schon ihrer hübschen Leiber wegen. ★

Marie

Das Telefon klingelte, und ich beschloß, es klingeln zu lassen. Ich hatte das Badezimmer zur Dunkelkammer umfunktioniert, aber da wir über ein Extraklo verfügten, wurde ich nur alle fünf Minuten gestört. Die Fotos von Tony Cazzone waren sensationell geworden; er sah sexy aus, nur sein blitzendes Zahngold störte etwas, aber ich war sehr zufrieden mit mir. Da ich meistens unter Zeitdruck arbeiten mußte, und oft gegen den Willen meiner fotografischen Opfer, sahen meine Bilder manchmal wie Karikaturen aus, die Stars hatten die Hand vor dem Gesicht oder die Zunge raus — und dieser Effekt, den ich anfangs so gelungen fand, ermüdete mich jetzt nur noch. Ich hatte den Ehrgeiz, von meinem Paparazzi-Image wegzukommen und als gute Porträtfotografin anerkannt zu werden, aber da ich bislang ausschließlich schwarzweiß in Tageszeitungen veröffentlicht hatte und meine seltenen Farbbilder, wenn überhaupt, dann in der Lesemappe gedruckt wurden, war ich in der Branche so gut wie unbekannt. Mit diesen Fotos konnte sich das ändern. Nur schade, daß ich nicht mehr Zeit gehabt hatte.
Es klingelte immer noch. »Geh mal einer ans Telefon!« schrie ich aus der Dunkelkammer, deren Tür ich nicht

öffnen durfte, weil sonst meine Fotos ruiniert worden wären. Natürlich ging keiner. Es hörte auf. Wahrscheinlich Mutti, die mir vorjammern wollte, daß sie schon wieder eine neue Falte entdeckt hatte.
Sie war 59 Jahre und sah für ihr Alter blendend aus. Aber da mein Vater, der ihr dies jeden Tag bestätigen mußte (»Du bist für mich immer noch so schön wie als junges Mädchen.« — »Wie jung, Karl-Friedrich?« — »Höchstens 25.« — »Du machst dich lustig über mich.« — Seufz. — »Nicht mehr als 32, Anneliese.«), vor drei Jahren von einem Herzinfarkt dahingerafft worden war, fehlte ihr jetzt das bewundernde, wenn auch erschöpfte Publikum. Also mußten wir Töchter herhalten. Manchmal zweimal am Tag. »Kind, diese Linie von Nase zu Mund, weißt du, welche, nein, aber bald ist es auch bei dir soweit, also die ist spürbar tiefer geworden. Was hältst du von Collageneinspritzungen, dann kann ich gleich meine Oberlippe mitbehandeln lassen, die ist schrecklich eingefallen in letzter Zeit.«
Was immer man darauf sagte, es war verkehrt. Stimmte man ihr zu, rastete sie völlig aus: »Du meinst, ich gehöre auf den Abfallhaufen, ich bin eine verbrauchte, alte Frau.« Widersprach man ihr mit: »Mutti, für dein Alter siehst du doch noch phantastisch aus«, entgegnete sie unwirsch: »*Für mein Alter? Noch?* Was soll das denn heißen? Wie alt sehe ich denn aus?«
Es war mühsam mit ihr, aber von ihrem Alters-Tick abgesehen war sie eine amüsante Frau, unkonventionell und warmherzig. Nur Oma wollte sie nicht genannt werden, selbst Kosenamen wie Doda, Granny, Goma, die auch nur entfernt daran erinnerten, waren verpönt. Wir

hatten uns schließlich auf Tula geeinigt; das klingt wie ich, meinte sie, jung und international.

Vielleicht steckte sie wieder in ihrer montäglichen Depression. Ich hängte die Abzüge zum Trocknen auf die Wäscheleine über der Badewanne und rief sie an. Es war verdächtig ruhig in der Wohnung, immer ein schlechtes Zeichen bei drei Kindern, aber da Christoph als Babysitter dran war, kümmerte ich mich nicht darum.

»Wissbach«, tönte ihre tiefe Stimme — Erbgut, keine Zigaretten — über die Telefonleitungen der vier Straßen hinweg, die wir voneinander entfernt wohnten. »Hallo, Mutti, ich bin's, Marie. Hast du eben angerufen?«

Aus dem Hintergrund waren Lachen und Wortfetzen zu hören, ihre dreimalwöchentliche Doppelkopfrunde, genannt »die Mädels«, tagte also.

Sie war kurz angebunden: »Marie, meine Damen sind da, ich hab die Herz-Zehn, stör mich jetzt nicht, nein, ich hab nicht angerufen.«

Obwohl es mich erleichterte, wenn sie beschäftigt und zufrieden war, schluckte ich doch an einem kleinen Beleidigtsein, als sie abrupt den Hörer aufknallte. Dann eben nicht.

Tony

Er legte den Hörer auf, streckte sich auf dem Hotelbett aus und schloß erschöpft die Augen. Diese Promotion Tours hingen ihm kilometerlang zum Halse heraus. »Sei dankbar, Tony, daß sich die Presse wieder für dich inter-

essiert«, hatte ihn sein Manager ermahnt. »Reiß dich zusammen und kehr den Charmebolzen raus, auch wenn's weh tut.«
Es tat wirklich weh. Besonders, wenn peinigend dumme Fragen von diesem Blick begleitet wurden, der sagte: Du bist zwar weit unter meinem intellektuellen Niveau, aber dieses Interview gehört leider zu meinen Dienstpflichten. Auf Fragen wie: Waren Sie ein Sexbesessener? Sind Sie einsam? Haben Sie Angst, wieder zu scheitern? Sind Ostfrauen anders als Westfrauen? Wer sind Ihre musikalischen Vorbilder? hatte er ein Repertoire von witzigen Einzeilern parat:

sexbesessen —	ich bin's immer noch;
einsam —	nicht in den Armen einer schönen Frau;
Ost-West —	Ostfrauen haben meist einen schöneren Busen, Westfrauen den niedlicheren Hintern;
Vorbilder —	Joe Cocker und Vico Torriani.

Bei den daraus resultierenden Storys kam er oft gut weg, wenn die Schreiber soviel Humor hatten, ihn nicht restlos ernst zu nehmen. Und sollten sie es doch tun, dann unter Überschriften wie »Tony Cazzone, der müde Gockel« oder »Tony, wie er schmalzt und trinkt«.
Er lachte längst darüber. Seine Seele hatte Hornhaut. Frauen waren für einen wie ihn so leicht zu haben, daß sie ihre Bedeutung verloren hatten. Gelegentliche Bettwärmer, nur in besonderen Fällen auch Frühstücksgäste.

Jenna, jetzt erinnerte er sich wieder, war eine dieser Ausnahmen gewesen. Die Nacht mit ihr war unter Alkoholnebel für immer verschwunden, aber das Frühstücksei tauchte plötzlich wieder auf. Sie wollte es hart, auch das Gelbe, er mochte es weich, auch das Weiße. Der Roomservice hatte ihre Eier verwechselt und sie sich angewidert geschüttelt: »Igitt, das sieht ja aus wie Sperma.« Es war ein schöner Morgen gewesen, und er hatte es bedauert, daß er Tony Cazzone war und nicht ein normaler Mann mit normalen Gefühlen; daß er sich nicht verlieben konnte, in keine Frau, auch in Jenna nicht. Er war einfach nicht fähig zu emotionaler, geschweige denn sexueller Exklusivität, sie engte ihn ein, erstickte den Künstler in ihm, langweilte ihn. Noch mehr ödete es ihn an, darüber nachzudenken.
Marie, Jennas kleine Schwester. Er hatte sich bei einer kleinen Unruhe ertappt, als sie heute morgen seine Fotos machte. Ein kurzes Ziehen in der Magengrube, nun ja, genauer, kurz darunter, eine fast begehrliche Sehnsucht. Nachdem sie gegangen waren und er ihren Namen im Telefonbuch gefunden hatte, rief er sie an. Es klingelte und klingelte, und erstaunt hatte er festgestellt, daß er ganz feuchte Handflächen hatte. Was sollte er sagen, wenn jemand abhob? Womöglich lebte sie mit jemandem zusammen. Unwahrscheinlich, sie sah irgendwie single aus. Er versuchte es noch mal. Wieder nichts.
Dann klingelte sein Telefon: »Tony, mach dich fertig. Die Frau von *Popfoto* ist in der Lobby.«

Michael

Wir hatten gerade angefangen, als das Telefon klingelte. Der Riesling aus dem Supermarkt hatte meine Süße weich und willig gemacht, und die Horrorstorys über ihre Freundin Eloise Schrapny, eine verzickte, neurotische Kuh, Einzelkind und Augapfel eines senilen Vaters, hielten sich auch in Grenzen. Ich hatte eine Technik entwickelt, bei ausgeschalteten Ohren alle 30 Sekunden einen zustimmenden Laut von mir zu geben, der sie zufriedenstellte und mich in Ruhe vor mich hindämmern ließ.

»Hmmm«, meinte ich, »und dann hat sie gesagt, und was hast du gesagt?«

»Und dann hab ich gesagt, das geht dich gar nichts an, es ist *mein* Leben, ich weiß, daß Mike kein Traummann ist, aber ich bin ja erst 23, da kann noch allerhand passieren.«

Daß mich Eloise nicht leiden konnte, war mir nicht neu, also klinkte ich mich gedanklich aus und überlegte weitere Schritte. Wie bekam ich sie aufs Sofa, ohne daß der Stimmungsfaden riß? Wenn wir nämlich erst mal in Schwung waren, ging meist die Post ab. Hinterher sagte sie zwar: »Mann, das war gut, laß es uns öfter machen«, aber dann vergingen wieder Wochen. Sex ist wie Joggen, hatte sie mir mal erklärt, das Schönste ist das Gefühl danach. Eine Meinung, die ich radikal und absolut nicht teilte.

Wir saßen also auf dem Sofa, ich hatte meine Rückenmassage ausgedehnt, langsam kam diese flüssige Stimmung auf, die guten Sex verspricht. Aus dem CD-Player

plauschte Musik von Roy Orbison, wir waren beide nackt, es rauschte in meinen Ohren, rot und süß, langsam wollte ich abheben – *das verdammte Telefon!*
»Geh nicht hin«, sagte Inken mit geschlossenen Augen. Zu spät. »Hier Praxis Dr. Ahrends, Kaiser. Kann ich bitte mit Herrn König sprechen?«
»Am Apparat«, krächzte ich.
»Hi, Michael, wir brauchen dich, kannst du in zwei Stunden bei uns vorbeikommen?«
Als ich den Hörer auflegte, stand Inken mit einem Plastikbecher vor mir. »Das war's dann wohl«, sagte sie eisig und zog sich wieder an.

Jenna

Manchmal hatte das Schicksal Humor. Ob Faltermeyer etwas ahnte? »Mach bitte was über unfruchtbare Paare, die jahrelang alles probiert haben und sich ihren Kinderwunsch erfüllen wollen, um jeden Preis. Alles muß drin sein: In vitro, Insemination, Adoption.«
Meine erste Reaktion war Ablehnung. Ich hatte genug Frust- und Sozialgeschichten gemacht und keine Lust auf das, was ganz sicher auf mich zukam: schluchzende Enddreißigerinnen – *Warum werden alle schwanger, nur ich nicht?* – zynische Ärzte, die sie mit Hormonen vollpumpten, bleichgesichtige Ehemänner, die nach all dem Sex zur Eisprungzeit nur noch mühsam einen hochkriegen.
Ich schaute Heinrich an und merkte, wie intensiv er zurückschaute. Als er merkte, daß ich's gemerkt hatte,

wurde er dunkelrosa bis in die Haarspitzen und räusperte sich: »Wie sieht's aus, Jenna? Das Thema schreit doch geradezu nach dir — Zeitgeist, *human interest*, einfühlsam, ein bißchen ironisch erzählt. Könnte ein gutes Cover für Heft 29 werden. Prieß ist ganz heiß drauf.«
Okay, sagte ich mir, vielleicht färbt das Thema ja ab, oder ich lerne einen aufregenden Frauenarzt kennen. Die Welt ist zwar bunt, aber mit 35 ist der Horizont nicht mehr grenzenlos. Klang gut, war sogar von mir.
Die Praxis von Dr. Heiko Ahrends lag in einer riesigen Altbauwohnung an der Alster. Ich ging am Wartezimmer vorbei, in dem deckenhohe Zimmerpalmen und die unfruchtbaren Patientinnen vor sich hin trockneten. Laß die boshaften Sprüche, Jenna, klopfte ich mir mental auf die Finger, wer weiß denn, was die acht Jahre Spirale bei dir angerichtet haben. Gerade wollte ich links zur Rezeption abbiegen, als mir der häßlichste Mensch Norddeutschlands entgegenkommt. Eine Kreuzung von Karl Dall und Woody Allen in noch viel schlimmer. Dünnes Haar flieht vor leichenblasser Stirn, aschenbecherdicke Brille auf wuchtiger Hakennase. Sollte das etwa ein Samenspender sein? Womöglich für die Kassenpatientinnen, die nicht soviel bezahlen können?
Die Sprechstundenhilfe Frl. Kaiser, unverschämt jung im Superminikittel — war so was erlaubt? —, grüßte mich freundlich: »Guten Tag, kann ich bitte Ihre Personalien aufnehmen?«
»Mein Name ist Jenna Wissbach, ich bin Journalistin.«
Sie hatte bereits einen Bogen in die Maschine gespannt. »Beruf ist unwichtig«, meinte sie. »Wie alt, wann war die letzte Periode, hatten Sie mal eine Abtreibung, Pilze, Geschlechtskrankheiten?«

Ich räusperte mich energisch: »Ich arbeite für *Dolce Vita* und soll eine Story recherchieren über unfruchtbare Frauen und Männer. Dr. Ahrends hat mir ein Interview zugesagt.«
»Also haben Sie keine Urinprobe mitgebracht«, zwinkerte sie mir zu, »wie angenehm.«
Sie nahm den Bogen aus der Maschine, und ich beugte mich diskret über den Tresen. »Eine kleine Frage. Der Herr, der mir eben entgegenkam — dicke Brille ...«
»Ach, Sie meinen Günther Faßbender«, unterbrach sie mich.
»Was wollen Sie über den denn wissen?«
»Tja, also, ist der nicht schon ein bißchen alt für so was?«
»Zu alt?« fragte sie erstaunt. »Aber in dem Beruf gibt es doch keine Altersgrenze. Wer fit ist, kann das doch bis zum Rentenalter machen.«
»Theoretisch schon«, sagte ich zweifelnd. »Aber es ist ja auch eine Frage der Optik.«
»Der Optik? Was hat denn das Aussehen damit zu tun? Solange der Kundenkontakt gut ist, sehe ich da kein Problem.«
»Sicher, aber ich habe gelesen, daß die Patientinnen vorher eine genaue Beschreibung bekommen.«
Jetzt war Fräulein Kaiser völlig ratlos: »Eine Beschreibung, wieso das denn? Den meisten Ärzten ist doch völlig egal, wie ein Pharmavertreter aussieht?«
Ogottogott, Erde tu dich auf, Fußboden verschluck mich. Ich zwang ein Lächeln auf mein erstarrtes Gesicht. »Ein kleines Mißverständnis, Fräulein Kaiser. Ich dachte, es handelt sich um einen Samenspender.«
Ihr wieherndes Prusten verfolgte mich bis hinter die

Doppeltür von Dr. Ahrends' Behandlungszimmer. »Entschuldigen Sie«, sagte er, »meine Mädels sind noch jung. Was kann ich für Sie tun?«
Ich erklärte mich. Zückte meine Visitenkarte, stellte den Kassettenrecorder an. Dr. Ahrends hatte einen guten Ruf. Er wurde unter unfruchtbaren Ehepaaren als Geheimtip gehandelt, weil er nicht, wie seine gesetzestreueren Kollegen, auf einem Trauschein bestand, bevor er behandelte, sondern, gegenseitige Sympathie und Bargeld vorausgesetzt, jede erdenkbare Paarkombination, homo oder hetero, sein Glück bei ihm versuchen konnte.
Er nannte mir ein paar Erfolgsstorys. Anonym natürlich. Der gestreßte Bauer aus Lüneburg war nach sieben Jahren trockener Luft endlich Vater eines strammen Erben geworden. Ganz der Vater, sagten die Nachbarn. Eine Lesbierin hatte sich mit dem Sperma eines schwulen Freundes inseminieren lassen, nach einem Aidstest, und war halbglückliche Mutter eines männlichen Zwillingspärchens geworden.
»Meine Patientinnen müssen mit ihrem Partner eine Erklärung unterschreiben, die sie von einem Notar gegenzeichnen lassen. Darin steht, daß sie, falls es zu einer Schwangerschaft kommt, die Verantwortung für das Kind akzeptieren. Daß sie nicht berechtigt sind, den Namen des Spenders zu erfahren. Für rund 4000 Mark wird die Frau sechsmal inseminiert, falls es früher zu einer Schwangerschaft kommt, bekommt sie das Geld natürlich nicht zurück. Klappt es nach dem sechsten Mal nicht, sind weitere 4000 Mark fällig, die von der Kasse nicht erstattet werden. Wenn meine Patienten wenig Geld haben, stelle ich die Rechnung auf ›homologe Inse-

mination‹ aus, das wird anerkannt. Schreiben Sie das bitte nicht, sonst komm ich in Teufels Küche.«

»Wie rekrutieren Sie die Spender?« fragte ich.

»Meine Spender sind junge Männer, bis höchstens 28 Jahre«, sagte er. »Sie sind alle auf Aids getestet, kerngesund. Wir geben Anzeigen in verschiedenen Tageszeitungen auf: ›Junge Männer für leichte Nebentätigkeit gesucht.‹ Die meisten, die sich melden, denken natürlich an Handwerksarbeiten oder so, die müssen wir dann behutsam aufklären.«

»Aber die Jungs haben doch auch ein normales Sexualleben«, meinte ich, »vielleicht haben die vorher gerade …?«

»Ich stimme die Spender auf den Zyklus meiner Patientinnen ab«, sagte Dr. Ahrends, »also wissen sie ungefähr, wann diese ovulieren und können sich darauf einstellen. Drei Tage vor dem Eisprung und zwei Tage danach darf der Spender nicht verkehren.«

»Und wenn doch?« fragte ich etwas naiv. »Merkt man das dem Sperma sofort an?«

»Sofort«, sagte er bestimmt, »Sperma lügt nicht.«

Fünf Minuten später stand ich im Hinterzimmer der Praxis, in dem vier Schwangerschaftsanwärterinnen lagen. Sie waren durch Vorhänge voneinander getrennt und unterhielten sich. Dr. Ahrends, Zigarette in der linken Hand (was mich etwas befremdete), schob mit der rechten den Vorhang vor der ersten Liege zur Seite, wo eine rothaarige Frau, Anfang Vierzig, ebenfalls rauchte.

»Hi, Doc«, sagte sie mit einer Stimme, die nach 100 Filterlosen täglich klang. »Der vierte Versuch. Mach mich endlich schwanger.«

»Ich tu mein Bestes, Frau Schober«, sagte der Doc, »aber Ihre 41jährigen Eierstöcke wollen nicht mehr so wie wir wollen.«
Dann rief er über die Schulter: »Annegret, die Spritze für Frau Schober, bitte.« Die hatte inzwischen die Augen geschlossen und einen Walkman aufgesetzt, aus dem die dröhnenden Bässe von Whitney Houstons *»I'm your baby tonight«* klangen.
Der Zeugungsakt war kurz und schmerzlos, wie das Einführen von Tampax.
»Beine zusammen und eine Viertelstunde liegenbleiben«, orderte er und verschwand hinter dem zweiten Vorhang. Ich empfahl mich ebenfalls und ging zurück zur Rezeption, wo die Sprechstundenhilfe Uta Kaiser gerade mit einer außerordentlichen Augenweide verhandelte.
»Mike«, sagte sie streng, »du sollst doch den Hintereingang nehmen, wie oft muß ich dir das noch sagen. Ich krieg tierischen Ärger mit dem Chef.«
Wer war das denn? Ich schaute genauer hin. Präzise meine optische Duftmarke — mittelgroß, dichtes, schwarzes Haar, braune Augen. Nicht älter als 25, ginge gerade noch.
Ob er sie vom Dienst abholen wollte? »Sie haben aber einen netten Freund«, sagte ich scheinheilig und blickte ihm nach, als er zur Tür hinausging. Guter Gang, guter Arsch.
»Das ist nicht mein Freund«, meinte sie lässig. »Das ist einer der Jungs, die leichte Nebentätigkeiten für den Doktor erledigen.«
»Ich verstehe«, sagte ich matt — und verdrängte ihn sofort.

★ Bevor du einen Prinzen findest, mußt du
'ne Menge häßlicher Frösche küssen. ★

Jenna

Als ich die Tür öffnete, mußte ich mich schwer zurückhalten, sie nicht sofort wieder zuzuschlagen. »Sieht er gut aus?« hatte ich meine Freundin Roswitha gefragt, als sie mir von diesem »netten, unverheirateten Kollegen« vorschwärmte, und sie hatte mit: »Nicht im konventionellen Sinne, aber er hat was ganz Besonderes«, geantwortet.

Für ihre Interpretation dieser visuellen Katastrophe hätte ich sie kneifen können — hart. Vor mir stand ein Mann, den ich in einem Lehrerzimmer der siebziger Jahre vermutet hätte, nicht auf meiner Türschwelle. Er war groß und dünn, und sein beiges Cordjackett hatte auch schon bessere Zeiten gesehen, wahrscheinlich die Sechziger. Daß er keine Mutti und keine Partnerin hatte, sah man an den durchgewetzten Ellbogen, durch die ein hellblaues Hemd schimmerte und auf die keine fürsorgliche Frauenhand ein häßliches Lederherz genäht hatte.

»Sind Sie Hans Schilowsky?« fragte ich mutlos.

»Derselbe«, strahlte er. »Und Sie sind sicher Frau Wissbach?«

»Kommen Sie doch bitte rein«, sagte ich. Wir gingen ins

— extra aufgeräumte! — Wohnzimmer, und er setzte sich aufs Sofa, auf dessen Beistelltisch ich sorgfältig ausgewählte Magazine dekoriert hatte. Ein *Geo*-Sonderheft von Paris, *Avenue* und *Vanity Fair*, alle ungelesen. Der neue Sidney Sheldon lag hinterm Sofakissen, die zerfledderte Ausgabe der *Bunte* im Ascheimer.
Und all diese Mühe für einen mittelalterlichen Brotbeutel, der mit Turnschuhen zum Blind-Date erschien!
»Roswitha hat mir schon viel von Ihnen erzählt«, sagte er, und ich konterte mit der Floskel: »Hoffentlich nur Angenehmes.«
»Nicht nur«, lächelte er und schwieg. Ich hätte ihn erschlagen können, aber ich verkniff mir die Frage, die mir schon auf der Zunge lag.
»Ich habe eine Reservierung im *Rain Forest* gemacht«, sagte ich und beschloß, mich nicht mehr umzuziehen. Jeans und weiße Bluse taten es in diesem Fall, das schwarze Alaïa-Kleid wurde für aussichtsreichere Kandidaten aufgespart. »Sind Sie damit einverstanden?«
Schilowsky räusperte sich. »Sehr schön, Frau Wissbach«, meinte er, »aber ist es dort nicht sehr teuer? Ich habe mehr in Richtung *Blockhouse* gedacht.«
Auch das noch — ein Geizknochen. »Ich setz das Essen auf Spesen ab«, knurrte ich, »machen Sie sich keine Gedanken. Und nennen Sie mich Jenna. Frau Wissbach klingt fürchterlich nach Feierabend.«
»Ach, das ist ja wunderbar«, freute er sich und stand auf. »Darf ich vorher noch schnell für kleine Jungs?«
»Augenblick, ich muß nur was wegräumen«, sagte ich und plazierte blitzschnell die Tube Filz-Ex aufs Waschbecken. Sie war schon drei Jahre alt, eine chemische

Keule gegen ein krabbelndes Souvenir von Miko aus Griechenland, die ich noch immer als Abschreckung für unerwünschte Bewerber benutzte. »Jetzt können Sie«, sagte ich strahlend.

Schilowsky strahlte nicht, als er beim Herauskommen einen offensichtlich klemmenden Reißverschluß hochriß. Sein Ton war kühler, als er mich fragte: »Nehmen wir ein Taxi oder verzichten wir aufs Trinken?«

»Ein Taxi«, sagte ich blitzschnell. Nüchtern würde ich diesen Abend nicht überstehen. »Ich brauche abends mein Gläschen Wein.«

Da man mich im *Rain Forest* kannte, knipste ich meine distanzierteste Körpersprache an, eine, die auch dem entferntesten Kellner andeuten sollte: »Ich kann nichts dafür. Er ist mir zugelaufen.«

Ich wählte den Stuhl mit Blickrichtung übers Lokal und sah zu meinem eisigen Erschrecken, wie Heinrich Faltermeyer gerade hinter dem Maître vorbeischaute und in meine Richtung steuerte. Neben ihm, die rotlackierte Kralle besitzergreifend auf seinem Arm, bewegte sich meine Kollegin Sandra Örtel auf hohen Hacken wie eine MM für ganz Arme — direkt zu unserem Nachbartisch!

»Wie sind Sie zum Schreiben gekommen?« fragte Schilowsky gerade, da schob sich Heinrich bereits neben mich.

»Die Welt ist doch ein Dorf«, meinte er, und ich glaubte, aus seiner Stimme eine mittelgroße Prise Schadenfreude herauszuhören. »Willst du mir deinen Begleiter nicht vorstellen?«

»Hans Schilowsky«, sagte ich kühl. »Mein Kollege Heinrich Faltermeyer.«

»Sie schreiben auch?« fragte mein Horror-Date, und

Heinrich antwortete süffisant: »Ich bin Ressortleiter und immer auf der Suche nach frischem Blut.«
Inzwischen stand Luigi, mein Lieblingskellner, mit gezücktem Block vor meinem Tisch. »Was darf's sein, Lady Jenna?«
Da ich gerade deprimierende Momente vor dem Kabinenspiegel von Karstadt verbracht hatte, wo ich mir einen neuen Badeanzug kaufen wollte, statt dessen aber feststellte, daß mein untrainierter Körper immer weiter südwärts wanderte, ohne meine Erlaubnis, sagte ich bedauernd: »Diesmal nur einen großen Salat und eine Nachspeise.« Schilowsky räusperte sich: »Dann darf's für mich ein bißchen mehr sein. Ich beginne mit einer Lachscremesuppe, danach Rucolasalat mit Walnüssen, dann ein Pfeffersteak mit Folienkartoffel. Beim Dessert bin ich noch unentschieden. Das war's erst mal.«
Der Blick von Heinrich wurde immer fröhlicher. War das eben ein Zwinkern? Da er meine Bewirtungen abzeichnete, mußte ich dieses Dinner selbst bezahlen. Ich haßte ihn, zumal ich nicht wußte, wie ich ihm morgen diese Peinlichkeit erklären konnte. Ein alter Sandkastenfreund? Ein heißer Informant aus dem Müsliladen?
Der Salat und die Suppe kamen. Ich griff zur Serviette, als plötzlich eine Gabel über meinem Teller kreiste. Mit einem fröhlichen »Ich darf doch?« stieß Schilowsky zu und spießte blitzschnell Tomaten-, Gurken- und Champignonscheiben auf.
»Ich eß am liebsten von andern Tellern«, sagte er fröhlich, und wenn es für Unlustmorde nur zwei Jahre gegeben hätte, er hätte mit dicken Würgemalen am Hals unterm Tisch gelegen.

Mir war der Appetit vergangen, ich griff zum Brotkorb. Ich wollte nur noch eins — diesen Abend abkürzen und möglichst schnell, nur ich und mein Sheldon, im Bett liegen. Stella, meine polnische Putzfrau, war dagewesen, das Bett also frisch bezogen. Wie ich mich nach meinem kühlen Laken sehnte!

Also würde ich Schwein sein. Ich räusperte mich, Heinrich sah mich an, ich nickte kurz und stand auf mit einem: »Bin gleich wieder da.«

Vorm Zigarettenautomaten trafen wir uns. »Was willst du?« fragte er.

»Rate mal«, sagte ich, »deine fieseste Kreativität wird verlangt. Sei also ganz du selbst.«

»Ich verstehe«, sagte er, »aber dafür schuldest du mir einen.«

»Wenn du mich von diesem Alptraumtyp befreist, blas ich dir sogar einen«, lächelte ich ihn an. Leicht errötet zog er eine Packung Marlboro und kehrte an seinen Platz zurück.

Ich ging zwecks Tarnung aufs Damenklo, wo ich auf der Brille etwas abtröpfelte und dann den Wasserhahn laufen ließ, ohne mir die Hände zu waschen. Es war einer meiner vielen kleinen Zwänge, daß ich, auch wenn nur ein Klo besetzt war, das Händewaschen zumindest vortäuschen mußte. Warum ich mir nicht entweder die Hände wusch oder einfach so rausging, wußte nur die liebe Göttin. Gern hätte ich mal Mäuschen auf einem Männerklo gespielt, mit Geruchsschutz natürlich. Schaut mann hin, wenn neben ihm einer rausgeholt wird? Werden schnelle Vergleiche angestellt? Die meisten Männer, die ich dazu befragt habe, sagen, klar; man ist froh,

wenn der eigene gut abschneidet. Aber wie ist die Etikette, wenn der Chef neben dem kleinen Angestellten steht? Wird immer abgeschüttelt?
Ich drehte den Hahn zu, ging raus, setzte mich wieder. Heinrich und Schilowsky waren in ein offensichtlich anregendes Gespräch vertieft, Sandra blies gelangweilt Rauchringe in die Luft. »War wohl nichts mit dem Anbiedern beim Chef«, dachte ich schadenfroh, denn Sandra war erstens erst 23, was sie mir schon überaus unsympathisch machte, und hatte außerdem was mit Prieß gehabt, als seine Frau ihn wegen eines Yogalehrers für ein paar Monate verlassen hatte. Alle frauenbewegten Kolleginnen, und das war bei uns, Göttin sei Dank, die Mehrzahl, schnitten sie betont, alle drüsenbestimmten Männer liebten sie.
»Darf ich Ihnen eine Kostprobe meines literarischen Schaffens vorlesen?« fragte Schilowsky gerade und zog einen Spiralblock aus der Jackettasche. Ich zündete mir eine Zigarette an. Fast hätte ich mich bei seinen ersten Worten verschluckt.
»Würgend forschten eure Leiber, quietschend freudig in die Tiefe, Zeus, o Donner Schornstein spring, trotz dem Ziegelhagel furchtsam, o du mein kratziges, weißes Hartes. Willst Odem pressen in das All? Hör den trockenen Regen und schau die kalte Sonne, grün tanzen ihre Strahlen durch die Warzen der Erde.«
Im Lokal war es ruhig geworden, denn die Dichterstimme vibrierte laut und gefühlvoll. Heiß war mir, heiß, als plötzlich Sandra ihre Stimme erhob: »Dunstend atmet Göttersonne, klagend in den Morgentau. Frösche springen, Flöhe husten, als Gott den Mann erschuf.«

Verblüfft schaute ich sie an. Das hätte glatt von mir sein können.
»Wunderbar, ganz wunderbar«, sagte Schilowsky, der inzwischen seinen Block zurück in die Tasche gesteckt hatte und genußvoll sein Pfeffersteak attackierte. »Hätten Sie vielleicht Interesse an meiner privaten Gedichtsammlung?«
»Jederzeit«, grinste Sandra, während ich als halb überzeugte Vegetarierin angewidert beobachtete, wie er ein Stück Kartoffel im herauslaufenden Blut zerquetschte.
»Sind Sie eigentlich Rechts- oder Linksträger?« fragte ich beiläufig und schaute Heinrich auffordernd an. Dein Einsatz, Junge.
Schilowsky schluckte. »Meistens rechts«, flüsterte er dann. »Ist es nicht ein bißchen früh für eine solche Frage?«
»Jenna, bringst du den armen Jungen in Verlegenheit?« fragte Heinrich — endlich — von Tisch zu Tisch. »Sie kann sehr direkt sein«, erklärte er dann in Schilowskys Richtung. »Im Vertrauen — sie ist sexbesessen, drei-, viermal die Nacht ist Durchschnitt bei ihr. Dabei ist sie superfruchtbar und muß wahnsinnig aufpassen. Wieviel Abtreibungen hast du schon hinter dir, Kollegin?«
Ein bißchen dick aufgetragen, aber nicht schlecht. »Nun übertreib nicht, Heinrich«, lächelte ich, »mehr als elf, zwölf werden's nicht gewesen sein.« Schilowsky war still geworden. Der Todesstoß war fällig, ich wollte ins Bett.
»Hast du eigentlich, na, du weißt schon was, auskuriert?« fragte Heinrich. Gutes Timing, ich konnte nur hoffen, daß er mein Angebot am Zigarettenautomat nicht ernstgenommen hatte.

»Noch nicht ganz«, antwortete ich zuckersüß, »und du?«
Luigi erschien mit der Dessertkarte. Ich entschied mich, ungern, für das Früchtemedley, und schob, als es kam, den Teller dicht an den Tischrand – als Schutz vor ungebetenen Mitessern. Zu spät. »Nur ein bißchen Himbeere«, sagte Schilowsky, und seine Augen glitzerten böse. »Das wird ja wohl nicht ansteckend sein, oder?«

Heinrich

Sie ging, ihren Ritter von der traurigen Gestalt im Schlepptau, und selbst in Jeans und weißer Bluse sah sie unglaublich süß aus. Wir lagen auf meinem Sofa, im Kamin knisterte das Feuer, und sie flüsterte: »Nimm mich, Heinrich, ich kann's nicht mehr aushalten ...« Ich seufzte und mußte plötzlich husten. Eine Rauchwolke riß mich unsanft aus meinen Träumen.
»Aufwachen, Heinrich!« drang Sandras etwas schrille Stimme an mein Ohr. »Wollten wir nicht über meine Serie reden?«
Schreck, laß nach. Diese lächerliche Serie. Sie sollte »Männer, die es geschafft haben« heißen, und Prieß, der ein treuer Ehemann war und deshalb nur beruflich die Sau rausließ, war ganz scharf darauf. Untertitel: »Flirtgespräche mit den Mächtigen der Welt«, dazu ein Foto von Sandra, möglichst mit Ausschnitt bis zum Bauchnabel, in den fasziniert ein wichtiger Boß glubscht, während er vor lauter Geilheit Intimstes aus Politik und Wirtschaft preisgibt.

Sandra, noch neu im Geschäft, brannte natürlich in den Startlöchern. Das Mädel war mir ein Rätsel. Es eilte ihr zwar der Ruf voraus, daß sie nur deshalb bei *Dolce Vita* gelandet sei, weil sie, so wurde geflüstert, in der Horizontalen aus kleinen, schlaffen Ringelwürmern zischende Schlangen machen konnte, aber niemand wußte besser als ich, wie viel in der Branche gequatscht wurde.
Meine Kenntnisse ihrer beträchtlichen Wiederbelebungsfähigkeiten waren rein theoretisch, und ihr Angebot, bei einem Glas Wein die Einzelheiten der Serie zu besprechen, hatte ich nur angenommen, weil mein Kühlschrank leer und das *Rain Forest* auf meinem Heimweg lag. Sandra war erst 23, und meine Libido hatte noch nie auf Jungfleisch angesprochen. Beim Wein, beim Käse und bei den Frauen liebte ich es reif. Meine Kollegen, die meisten verheiratet oder sonstwie an der Leine, hatten nach ein paar feuchtfröhlichen Nächten ihre zischenden Schlangen einziehen bzw. wieder exklusiv an der Heimatfront einsetzen müssen, und da Ringelwurmmänner meistens feige Männer sind, zogen bei der Themenkonferenz, als ein betreuendes Ressort für die Serie gesucht wurde, alle ihren, wie auch immer geformten, ein, und ich war feuchter Sieger geblieben.
»Wie haben Sie sich denn die Sache vorgestellt?« fragte ich. »Wieviel Folgen, welche Leute?« Eine rein rhetorische Frage, denn ich hatte, damit die Sache nicht allzu peinlich wurde, bereits bei den wichtigsten Wirtschaftsbossen anrufen lassen und versucht, Termine zu machen; die meisten hatten abgesagt, weil wir als Weiberblatt galten, das von der Branche ohnehin nicht gelesen wurde.

»Ich dachte an Helmut Kohl, und dann frag ich ihn gleich, ob er es auch noch mit seiner Hannelore treibt«, strahlte sie mich an.
»Ein guter Anfang«, meinte ich, »das wird den Leser sicher interessieren.«
Da ich wußte, daß die Mischung Sandra—Mächtige mit Sicherheit hochbrisant werden würde, aber bestimmt nichts für unser Familienblatt war, wollte ich ihr, um diese leidige Sache auf eine gefahrlose Schiene zu bringen, eine Alternative anbieten, die ihren besonderen Fähigkeiten mehr entgegenkam.
»Sexgespräche mit Sandra«, sollte sie heißen, und als erste Partner hatte ich an Udo Jürgens und Julio Iglesias gedacht.
»Heinrich, ich habe ganz präzise Vorstellungen von dieser Serie. Pro Folge plane ich zwei Wochen, denn ich will soviel Freunde, Feinde, ehemalige Geliebte etc. interviewen wie möglich. Was sagt die Klofrau über Björn Engholm? Gibt er Trinkgeld? Hat er beim Abitur geschummelt? Der Leser hat ein Recht auf diese Information.«
Gott, wie jung das klang! War ich auch mal so gewesen? Und ob Jenna jetzt wirklich allein die Laken küßte? Langsam driftete ich weg...
»Ich hätte Lust auf eine Tasse Kaffee«, lächelte Sandra und rutschte näher. »Du hast da was«, jetzt war sie atemnah, »laß mich das mal fortpusten.« Mir blieb ein bißchen die Luft weg, als ich meine Kreditkartenrechnung unterschrieb, und etwas weiter unten wurde es gefährlich eng. Gott sei Dank war mein Jackett lang genug.
Ich wohnte in einer Villenetage in Othmarschen und hatte

zum Glück vor zwei Tagen mein Bett frisch bezogen. Das hatte ich nämlich, weil ich allein wohne und Hausarbeit nicht meine Stärke ist, schon einmal so lange vergessen, bis ein weiblicher Besuch am Kissen schnüffelte und fragte: »Hat vor mir ein Puma hier geschlafen?«

Da ich nicht oft zu Hause bin, ist meine Dreizimmerwohnung spärlich möbliert und eindeutig bettdominiert. Fast alle meine Aktivitäten spielen sich auf meiner von einem Tischler aus Ehestorf angefertigten 2,50 mal 2,50 Meter großen Lustwiese ab. Ein Fernseher mit Video steht davor, ich esse und trinke im Bett, telefoniere dort und schreibe Briefe auf meinem Apple-Computer. Als wir eintraten, wollte ich schnell die Tür zum Schlafzimmer schließen, aber Sandra war schneller.

»Wow«, sagte sie und setzte sich auf die Bettkante. »Feierst du hier Orgien, oder schläfst du diagonal?«

Ihr Rock, der nicht länger war als mein Augenlid, war inzwischen so weit hochgerutscht, daß mich die zarte Farbe ihres Schlüpfers — türkis — zum Taschentuch greifen ließ. Leichte Schweißperlen auf der Stirn warnten mich: Heinrich, laß ab. Du bist dieser Sache nicht gewachsen. Du bist ein netter Kerl, ein Dackel, meinetwegen ein Terrier, aber kein Windhund.

Zu spät, Minimax verlangte sein Recht. Ich setzte mich neben sie und sagte: »Worauf hast du jetzt Lust?«

»Auf dich«, antwortete sie ...

»Heinrich, hören Sie mir noch zu? Können Sie das Essen absetzen, oder wollen wir zwei Rechnungen?«

Ich zückte meine Kreditkarte und bezahlte. Erst dann merkte ich, daß Sandra die ganze Zeit Jennas Gesicht gehabt hatte.

Christoph

An ihrer Stimme hörte ich, daß sie dieses Gespräch gern allein geführt hätte. Also holte ich eine Zeitung und setzte mich. Meine Frau klang so gekünstelt wie Schlagsahne aus der Sprühdose: »Hallooooo. Das ist wirklich eine Überraschung! Wie haben Sie denn meine Nummer bekommen? Aus dem Telefonbuch? Natürlich!«

Was war mit Marie los? Ihre Ohrläppchen leuchteten rosa, so wie sonst nur ich sie kannte. Man beachte die Vergangenheitsform. Ich schaute sie an, meine Frau, die Mutter meiner drei unerzogenen Kinder, wie sie dasaß, die Beine übereinandergebrezelt, wie immer, wenn sie nervös war, das lange, blonde Haar mit Gummiband zum Pferdeschwanz gebunden, und ich liebte sie immer noch, heiß, heftig, hilflos.

»Wer war das denn?« fragte ich beiläufig, als sie mit einem »Vielen Dank für den Anruf, jederzeit, ciao«, den Hörer auf die Gabel schmiß. »Das war Tony Cazzone«, sagte sie und stand auf.

»Verarsch mich nicht«, sagte ich ein bißchen ärgerlich, denn ihre Ohrläppchen waren immer noch rosa, »warum sollte der dich denn zu Hause anrufen?«

Sie hatte inzwischen den Staubsauger angestellt und rief etwas aus dem Kinderzimmer.

»Was hast du gesagt?« brüllte ich.

»Er will ein paar Abzüge, weil er mich seinen Leuten fürs Plattencover vorschlagen will«, schrie sie zurück.

Ich ging ins Kinderzimmer und stellte den Staubsauger ab. »Und warum bist du dabei so rot geworden?«

»Weil das für mich 'ne tolle Chance ist«, sagte sie und

schaute mir fest ins Auge. »Bist du auf deine mittelalterlichen Tage etwa eifersüchtig?«

Als ich wieder über meiner Zeitung saß — Joschka Fischer war wieder hessischer Umweltminister geworden, und sein feistes Grinsgesicht wollte satirisch bearbeitet werden —, dachte ich über die Frage nach. War ich wirklich eifersüchtig? Nur, weil ein Schnulzenfuzzi mit Puddingabitur und Schmerbauch bei ihr angerufen hatte? Sie hatte nach all den Jahren, in denen sie vor Hotels und Restaurants herumgelungert hatte, wirklich eine Chance verdient.

Das Telefon klingelte wieder. Verdammt. In meiner Hierarchie der möglichen Schreckensgespräche kam Hans-Jürgen Sachs vom *Berliner Morgen* direkt nach meiner Schwiegermutter.

»Schwiegersohn«, schrillte es in meine Ohrmuschel, »kritzelst du gerade eure Brötchen zusammen?«

Ich seufzte. Sie hatte mich jahrelang Maries Nullösung genannt, weil sie immer einen Diplomaten oder zumindest einen Chefarzt für ihre Jüngste im Auge gehabt hatte. Für jede Anwandlung von schwiegermütterlichem Humor war ich also dankbar.

»Willst du deine Tochter sprechen, Anneliese?«

»Moment«, rief sie, »nicht so schnell, junger Mann. Ich brauche deinen Rat, deinen männlichen Rat.«

Resigniert legte ich meinen Stift zur Seite. »Ich bin ganz Ohr, Schwiegermutter.«

Es klickte am anderen Ende, dann ein langes Pusten: Sie hatte sich also, gegen den ausdrücklichen Rat ihres Hausarztes, eine Zigarette angesteckt und richtete sich auf ein längeres Gespräch ein. »Eine Frage«, sagte sie, »ganz ehr-

lich. Bis zu welchem Alter sollte eine Frau sexuell aktiv sein?«
Ich hielt den Hörer vom Ohr ab. Hatte ich richtig gehört?
»Warum interessiert dich das plötzlich?« lachte ich. »Hast du einen neuen Verehrer, der dir an die Wäsche will?«
Sie schwieg, ich wartete, Joschka bekam ein weiteres Kinn. Er sah jetzt aus wie eine schwangere Teewurst.
Die Stimme von Anneliese klang zögernd. »Es ist ein bißchen delikat, deshalb will ich nicht mit meinen Töchtern darüber reden«, sagte sie. »Du weißt, wie sich Marie immer gleich aufregt, und wie streng Jenna mit mir ist, obwohl ihr Leben wirklich kein Vorbild ist. Ein Mann, dachte ich, ist in diesen Fragen objektiver.«
»In welchen Fragen, Anneliese?« hakte ich nach. »Sei bitte etwas deutlicher, sonst kann ich dir nicht helfen.«
Schweigen. »Bist du noch dran?« Ein neues Feuerzeugklicken. Sie mußte wirklich nervös sein. »Ich habe einen Mann kennengelernt«, sagte sie schließlich.
»Aber das ist doch wunderbar!« rief ich. »Wo liegt da das Problem? Die Verhütungsfrage kann es ja wohl nicht mehr sein.«
»Der Mann ist jünger als ich«, sagte sie, »ich weiß nicht, wie ich mich verhalten soll.«
»Wie viel jünger?« fragte ich vorsichtig. »Du bist 59, da brauchst du niemandem mehr Rechenschaft abzulegen. Wie alt ist dein neuer Verehrer denn? 50, 55? Hallo, bist du noch dran?«
Schweres Atmen. »Halt dich fest, Schwiegersohn«, sagte sie endlich, »wir haben gestern seinen 40. Geburtstag gefeiert.«

»Was?« schrie ich, und als Marie herbeistürzte mit einem fragenden Ausdruck im Gesicht, winkte ich nur ab und sagte: »Sachs will die Zeichnung in einer Stunde.« Dann senkte ich die Stimme und flüsterte in den Hörer· »Und — hast du Lust auf ihn?«
Sie seufzte. »Sehr.«
»Dann tu's«, sagte ich, und meine 59jährige Schwiegermutter gluckste und sagte: »Danke. Bitte sag den Mädchen noch nichts. Versprich's mir.«
»Keine Sorge«, flüsterte ich, obwohl ich am liebsten gleich mit der Neuigkeit herausgeplatzt wäre.
Marie hatte endlich mit Staubsaugen aufgehört. »Ich muß mal wieder bei Mutti reinschauen«, sagte sie im Vorbeigehen. »Ich war seit einer Woche nicht da, sie wird einsam sein.«
»Ich würde vorher anrufen«, meinte ich nur. »Auch deine Mutter hat Termine.«
»Mutti?« rief meine unschuldige Frau. »Was soll Mutti schon für Termine haben? Ihre Doppelkopfrunde tagt mittwochs und freitags.«
Ich sagte nichts mehr.

★ Sex ist wie Geld – selbst wenn es schlecht ist, ist es gut. ★

Michael

Zwischen mir und Inken herrschte dicke Luft, was daran lag, daß sich in den letzten Wochen die Anrufe von Uta Kaiser gehäuft hatten. Utas Ton war im Laufe meiner Nebentätigkeit bei Dr. Ahrends immer vertraulicher geworden, aber das Maß war endgültig voll, als ich vor ein paar Tagen ihren Anruf auf dem Sofa entgegennahm, wo ich gerade meiner Kleinen eine Fußmassage verpaßte, und Uta mich fröhlich mit »Hi, Spermie, dein Typ ist gefragt«, begrüßte. Ich hatte mir das zwar streng verbeten, aber Inken hatte mitgehört und wurde danach ganz still. Sie keifte nicht, sie machte keine spitzen Bemerkungen, sie gab mir auch keinen dieser harten Handkantenschläge aufs Bein, was sie gern tat, wenn sie ganz besonders wütend war – sie stand auf mit einem: »Was gibt's im Fernsehen?« Das beunruhigte mich mehr als alles andere, denn Inken ist eine Frau, die trotz eines ausgeprägten Harmoniebedürfnisses keiner Auseinandersetzung aus dem Weg geht – diese trügerische Art von Ruhe paßte nicht zu ihr.

Sie blieb so. Manchmal ertappte ich sie dabei, wie sie mich mit zusammengekniffenen Augen musterte, wie ein altes Kleidungsstück, von dem man nicht genau weiß, ob man es ausmustern soll oder nicht. Also war ein Festessen angesagt. Ich gelte als passabler Hobbykoch, und noch heute schwärmt Inken von unserem ersten Abend. Ich hatte vorher den ganzen Tag in meiner Junggesellenküche gestanden, geschnippelt und gebrutzelt. Es gab Karotten-Ingwer-Suppe mit langen, feuchten Küssen, dann Rapunzelsalat mit Inkenbrüstchen, danach ein längeres Sex-Sorbet, anschließend eine Lammkeule mit Gorgonzolasauce im Schlafrock, danach nichts mehr, denn wir waren so satt und zufrieden, so ausgepumpt und glücklich, daß mein Bananenparfait mit Himbeersauce auf dem Küchentisch vor sich hinschmolz.

Inken, die 120 Pfund wog, was bei einer Größe von 1,78 m richtig gut in der Hand liegt, lebte noch Wochen später von Hühnerbrühe und Magerquark. Sie war besessen von dem kleinen Bauchhügel, an dem sie jeden Abend hinunterblickte, um zu prüfen, ob sie, wenn sie aufrecht dastand, ihre Schamhaare sehen konnte oder nicht. Wenn nicht, war die Nacht im Eimer. »Ich bin zu fett, ich komm nach meiner Mutter«, jammerte sie dann, und ich konnte mich ihr nach dem Zähneputzen nur nähern, wenn ich sie mit dem immensen Kalorienverbrauch von horizontaler Betätigung überzeugen konnte. »Was bringt mehr, normal oder oral?« fragte sie mich, und ich sagte immer: »Oral, mindestens 300 Kalorien mehr«, was eine glatte Lüge war. Das meiste brachte wahrscheinlich Auspeitschen, aber dafür waren wir beide nicht kinky genug.

Für heute abend hatte ich deshalb chinesisch geplant. Ich schob meinen Wagen durch die Supermarktreihen, Richtung Gemüseabteilung, wo ich Erbsenschoten, Paprika und Champignons suchte. Eine Tüte wilden Reis,

Olivenöl, Reisschnaps. Ich war so in Gedanken versunken, daß ich den Stoß erst spürte, als ich bereits mit einer Flasche Balsamessig auf ein Arrangement von Ananasdosen zuschoß und mein rechter Handballen beim Aufprall schmerzhafte Bekanntschaft mit dem abgebrochenen Flaschenhals machte.

»Verdammt, passen Sie doch auf!« schrie ich wütend, und während ich beim Scherbenabklopfen hoch- und auf die verlegen dastehende Frau blickte, wurde ich stutzig. Dieses leuchtendrote Haar, die vielen Sommersprossen, der üppige Busen, alles kam mir bekannt vor, aber gleichzeitig wußte ich, daß ich sie nicht genauer kannte. Sie war weder eine Kommilitonin, noch bodybildete sie sich in meinem Fitneßstudio. Wer war sie?

»Entschuldigen Sie«, die Stimme — weich, mit einem leichten Lispler — war mir unvertraut, »ich war mit meinem Kind beschäftigt und habe nicht aufgepaßt. Haben Sie sich verletzt? Ich bin haftpflichtversichert, das ist also kein Problem.«

Kind, welches Kind? Da hörte ich ein kleines, schrilles Japsen, das sofort in einen hohen Klagelaut überging. Es kam aus dem kleinen Bündel, das zwischen dem Blumenkohl und einer Riesenpackung Pampers for Boys in der Einkaufskarre meiner Unbekannten lag. Sie nahm es hoch, legte es über die Schulter und stieß diese kleinen, idiotischen Muttertöne aus. Das Baby, noch in dem Winzalter, in dem richtige Männer nichts damit anfangen können, blinzelte in meine Richtung. Dunkelblaue Augen, genau wie meine. Ein häßliches Kind, aber schnurzelig.

Unwillkürlich streckte ich meinen Zeigefinger in seine Richtung und stupste vorsichtig an den kleinen Fleischhaufen, der später seine Nase werden würde. Die Mutter stand still da und schaute mich erleichtert an. Plötzlich wußte ich, woher ich sie kannte, und mir brach der kalte Schweiß aus. Sie war eine Patientin von Dr. Ahrends, ich hatte sie im Wartezimmer gesehen!!!!

Also mußte ihr kleines Frischgeschlüpftes von einem seiner leichten Nebentäter sein. Vielleicht sogar von mir.

Mein Herz klopfte so laut wie ein billiger Wecker, als ich mir das rosa Würmchen ganz genau anschaute. Diese blauen Augen, die zarten Hände mit den langen Fingern, das war die Miniaturausgabe von mir, Produkt meiner Erbanlagen, das war der Enkel einer Oma, die keine Ahnung von seiner Existenz hatte. Ich merkte, wie mich seine weiblichen Erbanlagen anschauten, aber kein Vergleichen, kein schreckhaftes Erkennen lag in ihrem Blick.

»Wie niedlich!« brachte ich heraus. »Ist es ein Junge oder ein Mädchen?«

»Ein Junge«, sagte sie stolz, »der Augapfel meines Mannes, auf den wir lange gewartet haben.« Sie reichte mir die Hand, sagte: »Nochmals Entschuldigung«, und verschwand in Richtung Kasse.

Ich schaute ihr hinterher. Mir war sehr merkwürdig zumute. Wenn dies tatsächlich mein Sohn war, würde ich ihn wahrscheinlich nie wiedersehen, und wenn doch, vielleicht durch einen so dummen Zufall wie diesen, dann hätte ich kein Recht auf ihn. Nicht, daß ich plötzlich unbekannte Vatergefühle entwickelt hätte, nichts lag mir ferner. Kleine Kinder waren für mich lästige Wesen, die sich vollpupsten, einem stinkende Flecken auf teure Pullover kotzten, die selbst nach der Reinigung weitermüffelten, und die einen nie ausreden ließen. Und doch — ein komisches Gefühl, über das ich mit niemandem sprechen konnte. Es war das erste Mal, daß ich mit den — möglichen — Konsequenzen meiner leichten Nebentätigkeit konfrontiert wurde. Bislang hatte ich, unbeleckt von Gewissensbissen, meine Ergüsse geliefert und nie darüber nachgedacht, daß die kleinen, glibschigen Häufchen, die ich über den Tresen von Dr. Ahrends schob, potentielle Lebensspender waren, die mir möglicherweise Monate später im Supermarkt zahnlos entgegenlächelten, die in Familien gehörten, deren männlicher Teil sich als Vater meines biologischen Kindes fühlte. Ob ihre Familien und Freunde die Wahrheit ahnten? Oder ob sich alle über dieses »Wunderkind« freuten, das nach all den Jahren des Wartens und Probierens »überraschend« doch noch eingetroffen war?

Während ich an der Kasse stand und bezahlte, wußte ich, daß ich diesen Nachmittag für mich behalten mußte. Kein Mensch, am allerwenigsten Inken, durfte davon erfahren.

»Wo warst du denn so lange?« begrüßte sie mich aus der Badewanne. Ihre Fußnägel waren frisch lackiert, die Beine hochgelagert. Sie rauchte, auf dem Wannenrand stand ein halbvolles Weinglas. Es wirkte sehr plauschig und auf eine gemütliche Weise erotisch.

»Hast du eigentlich Lust auf Kinder?« fragte ich, während ich mich aufs Klo setzte und einen Schluck aus ihrem Glas trank.

Sie seufzte und rutschte weiter in die Wanne. »Wie kommst du denn jetzt da drauf?« sagte sie schläfrig. »Wir sind doch erst Anfang Zwanzig, das war doch noch nie ein Thema für uns.«

»Ich meine ja auch nicht sofort, ich meine prinzipiell.« Pause. Sie war offensichtlich in ihrer Badestimmung gestört und hatte keine Lust auf existentielle Gespräche. »Irgendwann sicher«, meinte sie träge, »aber es müssen keine eigenen sein. Ich würde wahrscheinlich adoptieren. Es gibt so viele Kinder in der Dritten Welt, die sonst auf der Straße sterben würden.«

Ich stellte das Glas ab. »Aber hättest du nicht gern ein Kind, das was von dir und mir hätte, meine Augen, deine Nase?«

»Bestimmt nicht«, sagte sie, »so schön sind wir wirklich nicht. Außerdem tust du schließlich genug für die Verbreitung des königlichen Erbguts. Warum fragst du überhaupt?«

»War nur so ein Gedanke«, sagte ich, ging in die Küche, packte meine Tüten aus, stellte fest, daß ich Kalbfleisch und grünen Pfeffer vergessen hatte, und improvisierte vegetarisch. Inken war sowieso nur ein sehr zögerlicher Fleischesser.

Sie war überhaupt sehr zögerlich, ein Mensch, der Spannung und Streß verabscheute und den der liebe Gott wahrscheinlich als Sofarolle gedacht hat. Ich liebte ihre Ruhe, die sie, wenn ich unter Strom stand, wie ein warmes Kuscheltuch über mich breiten konnte, ihre Gelassenheit, wenn ich ausflippte, wenn mich die Fliege an der Wand zur Weißglut brachte. Nur manchmal, wenn mir nach Drama und Leidenschaft zumute war, dann hätte ich sie gern aufs Bett geworfen, ohne zu hören: »Paß auf die Bügelwäsche auf.«

Während ich Öl auf die Paprika tropfte und im Kühlschrank nach Kapern suchte, dachte ich zum erstenmal

darüber nach, wie mein Leben wohl mit einer anderen Frau aussehen würde.
Mit einer Frau, die gern ein Kind von mir hätte. Zumindest theoretisch.

Anneliese

Die Doppelkopfrunde, bestehend aus vier Frauen — Anneliese, Trudi, Ingrid und Karin, eine verwitwet, eine geschieden, zwei gelangweilt verheiratet —, traf sich zwei- bis dreimal die Woche bei Anneliese Wissbach. Vier gut erhaltene Mittfünf- bis Sechzigerinnen, die die Wechseljahre, fremdgehende Ehemänner, anstrengend pubertierende Kinder und die Illusion einer ewigen Jugend hinter sich hatten und vom Leben nur noch erwarteten, daß es so weiterging wie bisher — ein angenehmes Gleichmaß der Tage, ein leichtes Zwacken hier und da, jedes Jahr im Winter ein paar Wochen nach Florida und im Sommer an den Faaker See oder zur Kur nach Bad Füssing. Männer spielten in diesem Leben eine untergeordnete Rolle, soweit sie nicht entweder verstorben waren oder sich mit einer Jüngeren lächerlich machten.
»Hab ich euch schon das Neueste von meinem Ex erzählt?« fragte Trudi, und schob sich genüßlich eine Käseschnitte in den Mund. »Seine Freundin, die Friseuse mit dem Überbiß, hat sich die Spirale rausnehmen lassen.«
»Kreuzbube, der Topf ist meiner«, rief Ingrid ungerührt und schmiß die Karte auf den Küchentisch. Sie kannte sämtliche Varianten von Trudis nachehelichen Klagelie-

dern in- und auswendig. »Was kümmern dich ihre Verhütungsmethoden, Trudi. Vielleicht will sich deine Nachfolgerin sterilisieren lassen. Sie ist zwar 15 Jahre jünger als du, aber mit 41 ja auch kein Frühlingsküken mehr.«

Trudi schluckte kurz und trocken, aber sie beschloß, sich nicht anmerken zu lassen, wie diese kleine Spitze sie ärgerte. Ingrids Ehemann Erwin, den die anderen Kartenschwestern hinter ihrem Rücken den »Pinguin« nannten, hatte das Temperament einer Wanderdüne. Er war seit sechs Monaten im Ruhestand und immer noch im Stadium des »Pottkiekers«, was die Magenschleimhaut seiner langjährigen Ehefrau regelmäßig vibrieren ließ. Seine ständige Gegenwart, sein fortwährendes Einmischen in Dinge, die sie jahrzehntelang selbst entschieden hatte (»Wären die Fenster nicht mal wieder fällig?« — »Ich hab das Bügeleisen ausgeschaltet, damit es das Brett nicht ansengt.« — »Du fährst 40, Liebes, leg doch den dritten Gang ein!«), hatten sie reizbar und ungeduldig gemacht. Die Doppelkopfrunde bei Anneliese war im Augenblick ihre einzige Zuflucht.

Trudi lächelte so siegesgewiß, als ob sie die Herz-Zehn ausspielte. »Du irrst dich, meine Liebe. Fräulein Überbiß hat sich die Spirale rausnehmen lassen, weil sie ein Kind will. Von meinem Hans-Peter.«

»Er ist nicht mehr dein Hans-Peter«, stellte Anneliese trocken fest. »Ihr seid seit 17 Jahren geschieden. Wer hat dir das überhaupt erzählt?«

»Eine Kollegin, die im gleichen Salon gearbeitet hat«, antwortete Trudi, und plötzlich sah sie grau und müde aus. Ihre Ehe war kinderlos geblieben, was an ihr lag; eine Wunde, die sie geschlossen glaubte und die wieder auf-

gebrochen war. Es war still im Raum, nur die herumrührenden Löffel in den Kaffeetassen klickerten.
»Mit 41 Jahren ist der Saft so gut wie raus«, tröstete sie Ingrid, »außerdem steht dir die Hälfte seiner Rente zu, und sein Kind kriegt gar nichts.«
Das Telefon klingelte. Anneliese erhob sich. »Wissbach.« Ihr Blick war leicht gehetzt, als sie fragte: »Du willst jetzt vorbeikommen? Meine Doppelkopfrunde tagt. Okay. Bis gleich.«
Sie legte den Hörer auf, und sagte, einen Touch zu beiläufig: »Ein Bekannter kommt kurz vorbei. Er will die Mozartplatten abholen, die ich mir ausgeliehen habe. Wer gibt?«
Das Trio lauschte dem leicht zitternden Ton nach, mit dem sie ausatmete. Irgendwas war hier schief, und die Neugier, was es war, brannte ihnen unterm Büstenhalter. Eigentlich mußten sie alle nach Hause, aber natürlich blieben sie sitzen.
Sie waren mitten in der nächsten Runde, Karin hatte die beiden Herz-Zehn und einen Kreuzbuben, als es klingelte. »Ich will sehen!« rief Ingrid, während Anneliese zur Tür ging und aller Ohren in den Flur lauschten. Undeutliches Gemurmel war zu hören, dann ging die Tür auf.
»Komm rein!« sagte Anneliese. »Deine Platten liegen auf dem Fernseher.«
Drei graublondmelierte Köpfe drehten sich. Ein junger Mann stand vor dem Sideboard und strahlte sie freundlich an. Er war mittelgroß, und die Platte auf seinem Kopf verdiente eine eigene Postleitzahl, aber seine Haut schimmerte weich und rosig, und um die braunen Augen kringelte sich ein Kranz von Lachfalten. »Guten Tag, die Damen«, grüßte er. »Mein Name ist Jo Steinberger. Störe ich beim Doppelkopf?«

»Überhaupt nicht«, strahlte Trudi, die ein Gespür für pikante Situationen hatte. »Setzen Sie sich doch.«
Es blieb Anneliese, die mit den Mozartplatten in der Hand unschlüssig dastand, nichts anderes übrig, als eine weitere Tasse Kaffee auf den Tisch zu stellen. »Hattest du nicht noch eine andere Verabredung, Jo?« fragte sie und blickte streng auf seinen blanken Hinterkopf hinab.
»In einer Stunde, Liebling«, antwortete er beiläufig, »für eine Tasse Kaffee reicht die Zeit noch.«
Es war ganz still geworden. *Liebling*. Diskret aus den Augenwinkeln heraus beobachtete das Trio, wie sich die Röte in Annelieses Gesicht bis zu den Haarwurzeln hochschob. Ihre Hand, die Kaffee nachschenkte, zitterte. Sie räusperte sich. Keine half ihr, alle warteten.
Sie holte tief Luft, öffnete den Mund, schloß ihn wieder, setzte an: »Jo und ich haben uns vor ein paar Monaten im Café Keese kennengelernt. Wir sind ein paarmal miteinander ausgegangen.«
Jo saß da, trank seinen Kaffee in großen Schlucken und grinste. »Annie und ich« — alle zuckten zusammen, denn so hatte sie nur Karl-Friedrich, ihr Verstorbener, nennen dürfen — »sind gute Freunde, wenn es nach mir ginge, auch mehr als das. Also freue ich mich, endlich einmal ihre Doppelkopfrunde kennenzulernen, obwohl ich eher ein Skatbruder bin.«
Die Damen brauchten ein paar Schreckminuten, um sich auf dieses unerwartete Szenario einzustellen. Mehr als das? Konnte das bedeuten, daß ...? In ihrem Alter? Eine ebenso unappetitliche wie aufregende Vorstellung. Und dann mit diesem Kind!
Trudi, die Resolute, fand als erste die Sprache wieder:

»Hätten Sie Lust auf eine Runde Skat? Ingrid und Karin müssen nach Hause, und ich hab schon lange nicht mehr gespielt.«

Doch Jo, der spürte, daß er sich auf gefährlichem Terrain bewegte, schüttelte den Kopf. »Ich muß los«, sagte er bedauernd. »Ein andermal. Auf Wiedersehen, die Damen.«

Er stand auf, machte einen angedeuteten Diener, küßte Anneliese auf die Wange. Die Haustür fiel ins Schloß.

»Na???« fragten die Damen im Chor. »Nun erzähl aber mal.«

»Da gibt's nicht viel zu erzählen«, wollte sich Anneliese herausreden, »wollt ihr noch'n Kaffee?«

»Wir haben so viel Kaffee getrunken, daß uns die Blase platzt«, unterbrach Ingrid forsch, »und zu erzählen gibt's 'ne Menge. Also fang an, eher wirst du uns sowieso nicht los.«

Das Trio gab keinen Mucks von sich, als Anneliese, zögernd und mit leiser Stimme, von diesem Abend erzählte. Wie sie sich nach den Tagesthemen plötzlich so unternehmungslustig gefühlt hatte, ins Taxi gestiegen und zur Reeperbahn gefahren war. Es war ausgerechnet ein Freitag, und die Tanzfläche im Café Keese brechend voll. Sie hatte, um sich Mut anzutrinken, drei Jack Daniels pur gekippt und sich so leicht und freischwebend wie ein Doppeltwen gefühlt. Als ihr Tischtelefon klingelte, hatte sie entspannt »Hallo Fremder«, gesagt und die angenehme Männerstimme zu einem Drink eingeladen.

»Und?« fragte der Damenchor trisono.

»Dann hat er mich nach Hause gebracht«, meinte Anneliese unschuldig.

Und dann? »Dann hat er mich geküßt.«
Und weiter? »Dann hab ich ihn zurückgeküßt.«
Das Trio mußte verdauen. Keine von ihnen küßte mehr. Ihre Zungen blieben schon seit Jahren im Mund.
»Wußtest du denn noch, wie das geht?« fragte Trudi neidisch.
»So was verlernt man doch nicht«, wies sie Karin schroff zurecht, die mit 54 die Jüngste und, wie sie selber fand, die Attraktivste war. Wie Anneliese hatte sie ihre grauen Haare blondiert und eine Lidstraffung hinter sich, aber ihre letzte Regel war erst zwei Jahre her, und das gab ihr das moralische Recht, sich als Expertin für Sexfragen zu fühlen.
»Jo war zufrieden«, lächelte Anneliese, der diese Unterhaltung absurd vorkam. Sie fühlte sich 45 Jahre zurückversetzt, als sie 14 und noch frühreife Jungfrau war. Das Gefühl der Unsicherheit, der heißen Erwartung damals war nicht unähnlich der Spannung gewesen, die sie jetzt mit Jo spürte. »Und jetzt Schluß der Debatte. Wenn es etwas Neues zu berichten gibt, seid ihr natürlich die ersten.«
»Nur noch eine letzte Frage«, wollte Trudi wissen. »Hast du schon oder wirst du noch?«
»Ich denke noch drüber nach«, sagte Anneliese geheimnisvoll. »Fortsetzung folgt. Wer gibt?«

★ In dubio pro libido. ★

Jenna

Im Büro war die Hölle los. Es war Mittwoch, Produktionstag, und die Titelgeschichte über das Model Koko Tann-Jansen — in Leipzig geboren, in New York Karriere gemacht mit Tagesgagen von 10 000 Dollar (es machte mich krank, wenn ich so was las) — war geplatzt, weil die *Bunte* die gleiche Idee hatte. Also Panik. Prieß kreischte durch die Flure und machte alle nervös. Die Ressortleiter flatterten, jeder bot eine abgestandene Story an, die seit Monaten in einer Schreibtischschublade schimmelte und für die man jetzt eine Chance witterte. Faltermeyer bot natürlich mit, wobei sein Vorschlag — »Der diskrete Charme des Tony Cazzone« — noch nicht einmal geschrieben war. In der Themenkonferenz, wo die Chefredaktion und die Ressortleiter um einen großen, ovalen Tisch saßen, vor jedem Sitz ein kleines Mikrofon und die zweite Riege der Schreiberlinge auf Stühlen hinter ihnen, war Heinrich jedenfalls in Hochform: »Ich hab hier ein Psychogramm des Tony-Cazzone-Phänomens, von unserer Edelfeder Jenna — Wein, Weib und Gesang. Die Fotos sind phantastisch, auch Titelmaterial ist dabei.«
»Klingt gut«, knurrte Prieß, »ist sie fertig?«

»So gut wie«, log Faltermeyer, »wir brauchen noch einen Tag.«

Manfred Prieß schlug mit der flachen Hand auf den Tisch, was er in Konferenzen gern tat, wenn er die Stimmung etwas aufpeppen wollte. »Alle Mann mal herhören!« sagte er, was die Frauen fuchste, aber er weigerte sich, »alle Männer und Frauen« oder »alle Menschen« zu sagen, und auch ich fand es ein bißchen übertrieben. »Ich erwarte ein Spitzenheft. Bis morgen die Coverstory über Tony Cazzone; Jenna, bring deine müden Knochen in Schwung. Außerdem will ich den ersten Serienteil von Sandra; wie sieht's aus?«

Faltermeyer zog das Mikrofon vorsichtig zu sich heran. »Manfred« — er kannte den Chef seit 15 Jahren und war der einzige Ressortleiter, der ihn duzen durfte; im Regelfall duzte Prieß einseitig — »wir haben Kohl so schnell natürlich nicht gekriegt, aber wenn wir an Männer denken, die in Deutschland Einfluß haben, warum nicht eine Stufe tiefer greifen und mit Thomas Gottschalk anfangen?«

»Tiefer greifen paßt gut«, flüsterte ein Volontär und verstummte schnell, als ihn ein wütender Blick des Ressortleiters traf.

»Bist du von allen guten Geistern verlassen, Heinrich?« schnaubte Prieß. »Ich will Powertypen, keine Unterhaltungsfuzzis. Frag Blüm, meinetwegen Joschka Fischer, nur Statur muß der Mann haben, und keine roten Glitzerjacketts tragen. Hat jemand aus dieser eingeschlafenen Runde einen ernstzunehmenden Vorschlag?«

Er blickte sich um, alle starrten vor sich hin, denn keiner hatte. Es war kurz vor Mitternacht, die Aschenbecher

quollen über, alle waren gereizt und wollten nach Hause. Prieß seufzte laut. »Hab ich auch nicht anders erwartet.«
Jan Vogel, Klatschreporter mit einem Pauschalvertrag von 3000 Mark im Monat, räusperte sich: »Ich hab gutes Material von Herbert Grönemeyer.« »Und?« knurrte Prieß. »Was ist das Spannende an diesem Kartoffelknödel?«
Vogel schluckte. Der Adamsapfel vom Chef, der jetzt wütend hin- und hersprang, schüchterte ihn ein. »Daß er mit einer anderen Frau als der eigenen drauf ist, in eindeutiger Situation.«
»Was ist das Eindeutige? Kommen sie zusammen aus dem Hotel und er hat den Arm um sie gelegt? Finger weg. Da hat uns vor zwei Jahren Howard Carpendale auf 50 000 DM Schadensersatz verklagt. Das Mädchen, das er in einer Disco küßte, war leider seine Schwester.«
Vogel wartete in Ruhe sein Stichwort ab. »Keine Sorge«, sagte er dann, »eine Schwester küßt nicht mit Zunge, und wenn doch, ist die Story ja noch größer.«
»Also — die beiden sind im Clinch? Sieht man die Gesichter? Gut, gut.«
Schweigen in der Runde, Prieß dachte nach. Dabei machte er leichte Schnalzgeräusche. Schließlich hellte sich seine Miene auf. »So machen wir's« — wieder knallte die Faust auf den Konferenztisch — »falls Tony nichts wird, machen wir eine Coverstory über deutsche Stars und ihre Affären. Wer hat 'ne Geliebte, womöglich 'nen Bastard irgendwo? Wer finanziert heimlich eine Peepshow oder die Republikaner? Zeig mal her, die Fotos.« Ein ärgerliches Grunzen. »Wenn das Gröni ist, bin ich Kevin Costner. Komm mal her.« Zaghaft näherte sich Vogel wieder dem Konferenztisch, folgte dem dicken Zeigefinger

von Prieß, der ärgerlich auf die Bilder stieß. »Du hast den falschen Vogel gejagt, du Piepmatz. Dieser Typ ist völlig unbekannt...«

Er redete weiter und ich klinkte mich gedanklich aus, weil ich es haßte, wenn wir uns auf dieses Yellow-Press-Niveau begaben, aber Prieß war nicht mehr zu halten. Männer sind wirklich Ringelwürmer. Ich verließ den Konferenzraum und setzte mich an meinen Macintosh. Es hatte ungefähr sechs Monate gedauert, bis ich ihn bedienen konnte, und meine halbfertigen Manuskripte nicht mehr im Nirgendwo verschwanden, doch jetzt hatte ich ein herzliches Verhältnis zu ihm. Wenn ich vor ihm saß, die Tischkante dicht am Bauch, dann fühlte ich mich ruhig und sicher. Ich ging ins Hauptmenü und holte unter dem Stichwort »Je öller je döller« meinen Storyanfang heraus.

»Es gibt Namen«, so hieß es da, »bei denen kaum einer ein belustigtes Schmunzeln unterdrücken kann. Heinrich Lübke war so ein Name. Und Tony Cazzone ist so einer. Wie soll er sich nennen, wenn er sich vorstellt? Gestatten, mein Name ist Cazzone? Lächerlich. Er spricht von sich selbst als dem Tony, was Distanz zu sich bedeuten kann oder Ironie. Oder beides. Was angebracht wäre, denn der Zahn der Zeit, obwohl liebevoll, hat auch ihn unnachsichtig benagt, und das in aller Öffentlichkeit.«

Ich ließ meine Finger über die Tastatur schweben, wollte loslegen, aber mein Kopf war noch mit dem Gerede von der Konferenz vollgeramscht. Obwohl ich am besten unter Streß arbeite, war ich jetzt unfähig zur Konzentration. Ich pinkelte, trank einen Kaffee, pinkelte wieder. Ich wollte kurz zu Heinrich rein, aber Sandra Örtel saß auf seinem Schreibtisch, ihre Endlosbeine (Gott ist ungerecht) übereinandergebrezelt, eine Zigarette in der Hand. Sie gestikulierte, und Heinrich hatte einen glasigen Ausdruck. *Das konnte nur eins bedeuten.* Wann? Wahrscheinlich nach dem Restaurantbesuch. Ich steckte diese Beobachtung in eine hintere Gehirnfalte, um bei Bedarf weiterzurecherchieren.

Ich ging in mein Büro zurück und rief bei Cazzones Manager, Rüdiger Schneider, an. »Hallo, hier Jenna von *Dolce Vita*. Ich sitz gerade an der Story, aber ich brauch noch ein bißchen Fleisch. Wo ist Tony in dieser Sekunde zu erreichen? Privatsache? Ein Star wie Tony hat kein Privatleben, aber ich 'ne Deadline. Aha. Okay. Danke.«

Ich wählte die Nummer des *Interconti* in Hannover. »Tony Cazzone, bitte«, sagte ich zu der Stimme in der Hotelzentrale. Es klingelte und klingelte und klingelte. Gerade wollte ich auflegen, da wurde abgenommen. »Ja?« sagte eine weibliche Stimme, die mir sehr vertraut vorkam.

»Hier ist Jenna Wissbach, ich hätte gern Herrn Cazzone gesprochen . . .«

»Jenna, ich bin's«, sagte meine Schwester fröhlich, »Tony ist mal kurz raus. Soll er dich gleich zurückrufen?«

Ich schluckte. »Was machst du denn bei diesem Schnulzenfuzzi im Hotelzimmer?« fragte ich streng. Immerhin bin ich fünf Jahre älter, Marie ist also meine kleine Schwester und damit zu Auskünften verpflichtet.

Kleine peinliche Pause.

»Ganz schlichter Grund«, sagte sie dann mit dieser Stimme, die ich so gut kannte. Es war die Finger-im-Marmeladentopf-Stimme, einen Touch zu unschuldig, eine Prise zu naiv.

»Ich höre«, sagte ich nur, und griff zur Zigarette. Zum erstenmal, seit ich mir vor zwei Tagen das Rauchen abgewöhnt hatte, inhalierte ich wieder tief.
»Tony hat mich angerufen, weil er einen Coverfotografen für seine neue LP suchte und noch keinen geeigneten gefunden hatte. Also haben wir hier eine kleine Fotosession, ich liefere sozusagen meine Probearbeit ab. Wenn Tony und seine Leute zufrieden sind, krieg ich den Auftrag. Ist das nicht toll?«
Der Fisch stank.
»Und wieso machst du deine Probesession im Hotelzimmer? Warum mietest du kein Studio?«
Wieder diese Marmeladenstimme. »Weil alles so schnell gehen mußte. Sprich am besten mit ihm selber, er ist gerade reingekommen.«
Tuschel, tuschel, dann Tonys weichgespülte Stimme, die klang wie die eines Katers, der gerade aus der Sahneschüssel genascht hat. »Schöne Jenna, was kann ich für Sie tun?«
Ich war so mit Spekulationen beschäftigt, und mit der leichten Beunruhigung darüber, wie sich meine kleine Schwester plötzlich auf meinem beruflichen Terrain bewegte, daß mir keine einzige Frage einfiel. Blitzschneller Wiederbelebungsversuch der grauen Zellen. »Ähem, tja, also, genau, was ich noch wissen wollte: Wie ist eigentlich das Verhältnis zu Ihrer Exfrau Luisa?«
Es lachte durch den Hörer. Der Mann klang sehr entspannt. War meine Schwester der Grund? »Die Beziehung zu meiner Exfrau ist ausgezeichnet«, sagte er, »ich bin ja auch ein verträglicher Mensch. Noch eine Frage?«

»Vielen Dank«, antwortete ich steif. »Können Sie mir noch mal meine Schwester geben?«
»Klar, Jenna«, sagte Kater Tony freundlich.
»Schwesterherz, was gibt's?«
»Nur eine Frage.« Meine Stimme klang schulmeisterlich, aber ich konnte es nicht ändern, ich *fühlte* schulmeisterlich. »Weiß Christoph von dieser Audition?«
»Nein«, antwortete sie schnell, »und ich würde es begrüßen, wenn das auch so bliebe. Zumindest, bis ich den Auftrag in der Tasche habe. Du weißt, wie er sein kann.«
»Okay, mach's gut«, sagte ich und legte den Hörer auf.
Plötzlich konnte ich weiterschreiben:
»Er ist Mitte Fünfzig, aber bei günstigem Licht oder in einer schummrigen Bar werden die Falten gnädig wegretuschiert. Nach einem oder mehreren Gläsern wirkt auch sein mittelalterlicher Charme noch — bei gleichaltrigen, die für ihn, wie für so viele Männer, horizontal nicht mehr in Frage kommen, aber besonders bei jüngeren Frauen. Verheiratete bevorzugt er, denn am allerliebsten ist er allein.«
Gut, dachte ich, subtil, aber treffend.

Marie

Mir war nicht wohl zumute, als Jenna den Hörer auflegte. Ihre Stimme hatte den deutlich vorwurfsvollen Unterton der älteren Schwester, und mir war klar, wie meine Anwesenheit in Tonys Hotelzimmer auf sie wirken mußte. Wenn sie bloß den Mund hielt. Nicht, daß ich etwas zu verbergen hatte, es war, wie wir es nannten, »noch meilenweit vom Äußersten entfernt«, aber meinem Gatten zu erklären, warum ich spätnachts barfuß und leicht erhitzt ein Handtuch um die Hüften eines mittelalterlichen Schlagerfuzzis drapierte (er trug einen knallengen Leopardenslip darunter) wäre schwierig gewesen. Ich hatte deshalb etwas von »Paparazzi-Einsatz vor dem *Élysée,* kann spät werden« gemurmelt und war mit sehr schlechtem Gewissen nach Hannover gefahren.

Warum hatte ich Christoph nicht einfach die Wahrheit gesagt? Er ist ein nur mäßig eifersüchtiger Ehemann, meine Eheleine ist auszuhalten; sie ist lang, aber eben auch reichlich ausgeleiert. Wie meine zwar angenehme, aber auch ein bißchen langweilige Ehe. Dies zuzugeben war mir nur allein, im Ford Fiesta auf der Autobahn nach Hannover, möglich. Besonders mein Sexlife war vom Spannungsgrad her mit einem Grießbrei zu vergleichen. Wir kannten uns eben in- und auswendig, ich seine Pudelmütze, die er nach dem Haarewaschen aufsetzte, um sich nicht zu verkühlen — er war, wie alle Männer, ein schrecklicher Hypochonder —, seine zusammengekrumpelten Socken und Unterhosen neben dem Wäschekorb, seine röchelnden Schnarchgeräusche. Er kannte meine Schmallippigkeit vor den Tagen, den Tonfall, wenn meine Mutter am Telefon war, mein schlechtes Gewissen, wenn ich den Kindern heimlich Kaugummi zugesteckt und er mich dabei erwischt hatte.

Wir waren uns gegenseitig wie zwei eng beschriebene Blätter, mit Fettflecken und verschmiertem Kuli — und wie ich mich manchmal danach sehnte, für jemanden ein völlig unbeschriebenes zu sein! Eine geheimnisvolle Person, die ich ganz neu erfinden konnte. Marie-Viola, die schöne Fremde in einer leicht verräucherten Bar in Paris oder Mailand. Ich trug einen engen Rock, meine wohlgeformten Beine steckten in knöchelhohen Stiefeletten, ich rutschte vom Barhocker, und alle Männeraugen ruhten sehnsüchtig auf mir. Auch die des dunkellockigen Fremden neben mir, der gerade eine Flasche Champagner bestellt und mich gefragt hatte: »Entschuldigen Sie, daß ich Sie anspreche, ich bin Geschäftsmann und sonst sehr zurückhaltend, aber Ihr Anblick packt mich derartig, daß ich Sie haben muß, noch heute abend. Kommen Sie bitte auf meine Suite.« Ich blies ihm den Rauch meiner Zigarette ins Gesicht und sagte: »Ich koste 2000 Mark die Nacht, aber ich bin es wert.«

Tonys Anruf hatte mich auf dem Klo erwischt, wo ich gerade die Brille abwischte, auf die Daniel und Gabriel kreuz und quer gepinkelt hatten. Sie hatten, obwohl ein Jahr auseinander (Stichwort Knaus-Ogino), gleichzeitig ihren Piephahn entdeckt und setzten ihn als Rasensprenger ein, wann immer sie unbeobachtet waren. Ich sprühte Zitronen- und Jasmindüfte, wenn ich ein Mißgeschick entdeckte, doch langsam roch meine Wohnung wie ein Katzenklo.

»Hallo«, hatte ich deshalb in den Hörer gegrunzt, während meine Jungs mit nackten Pos um mich herumhüpften.

»Tony Cazzone am Apparat«, sagte eine Stimme, die ich sofort wiedererkannte.

Ich verkniff mir deshalb ein »Hallo Tony, hier spricht Inge Meysel«, und sagte mit dem Kubikzentimeter

Würde, den meine Situation zuließ: »Marie Wissbach hier, was kann ich für Sie tun?«
»Ich würde Sie gern wiedersehen«, sagte er, und ich war sprachlos. Hielt mich dieser Gerontoschnulzi für einen heißen Single, den er in seinen Mammutharem einreihen konnte?
Während ich zwischen Geschmeicheltsein und Empörung schwankte, hatte sich Gabriel in Potthaltung vor mir aufgebaut. »Mami, Schiedischadi«, warnte er und machte sein rotes Drückgesicht.
»Moment bitte«, rief ich in den Hörer und raste mit dem strampelnden Kind ins Badezimmer. Gerade noch geschafft. Plup, plup.
»Mami, hab ich schön gemacht?«
»Wunderschön, mein Schatz, und jetzt darfst du selbst runterspülen.«
»Sorry«, sagte ich dann am Telefon, »wir sind unterbrochen worden.«
»Haben Sie Besuch, soll ich ein andermal anrufen?« fragte er höflich, und ich gestehe voller Scham, sekundenlang mit der Versuchung gespielt zu haben, meinen Nachwuchs zu verleugnen.
»Ein permanenter Besuch«, seufzte ich, »meine Kinder.«
»Sie sind Mutter?« fragte er erstaunt. Enttäuscht? Erleichtert? Angeturnt?
Als ich im *Interconti* Hannover an der Rezeption nach ihm fragte, kam ich mir wie ein alterndes Groupie vor.
»Wen darf ich anmelden?«
»Marie Wissbach«, sagte ich und fügte schnell hinzu: »Ich bin Fotografin.«
Kühle Blicke trafen mich. So siehst du aus.

»Eine Frau Wissbach in der Lobby für Sie.«
Im Fahrstuhl kratzte ich mir die Nase und stellte fest, das meine Handflächen feucht waren. Scheiße. Ich wischte sie an meinen Jeans ab. Nichts ist peinlicher als ein glibschiger Händedruck. Seit meiner Hochzeit war ich männermäßig völlig aus der Übung. Was war ich vorehelich für ein Flirt gewesen! Witzig, überlegen, sexy. Und jetzt? Was war aus mir geworden?
Ich klopfte, er öffnete die Tür, ich reichte ihm meine abgewischte Hand. Er sah verdammt gut aus. Mir kamen eindeutig unprofessionelle Gedanken. Das Blut schoß mir in Richtung Jeansreißverschluß.
»Wo wollen wir anfangen?« fragte ich und packte Kameras, Stativ, Blitze und Filme aus.
»Sie sind der Profi«, sagte er und schaute mich an. Es war einer dieser Blicke, die ich noch von früher kannte. Ein Blick, der sagte, ich weiß, was du denkst, weil ich dasselbe denke; die Frage ist nicht, ob, die Antwort ist, wann.
»Welches Image wollen Sie denn auf der Platte rüberbringen?« versuchte ich's, »verhalten, romantisch, politisch, sexy?«
»Sexy«, antwortete er. Sein Blick war unerbittlich und hatte mich längst ausgezogen. Zum Glück trug ich nicht meine bauchnabelhohe Unterhose, sondern einen G-String von Kaufrausch.
Ich schluckte. »Auf dem Bett liegend vielleicht?« fragte ich. »Den Kopf auf die Hand gestützt?«
Er nickte und verschwand im Badezimmer. Da klingelte das Telefon. Meine Schwester.
Nach dem Anruf starrten wir uns an wie Komplizen.

Tony brach die Spannung als erster. Er fing an zu lachen, prustete, ein kleiner Sprühregen Spucke landete auf meinem Oberarm, was mich seltsamerweise nicht anwiderte.
Nach ein paar Schrecksekunden lachte ich mit. »Wollen Sie wirklich im Bademantel aufs Plattencover?«
»Meine Fans sollen sehen, daß ich Humor habe«, grinste er und legte sich in Pose. Sein dichtes Brusthaar ringelte sich wie kleine Schweineschwänze. Ich baute Stativ und Computerblitze auf, dann war ich nur noch Kamera.
»Bitte zurücklehnen, so ist es gut, die Augen auf, Mund zu, das rechte Knie ein wenig höher.«
Der Mann war Profi, rückte, dehnte und streckte sich, jedes Bild sah gut aus. Ein Fotografentraum. Ich vergaß seinen weißen Bademantel, der langsam auseinanderrutschte und die Sicht auf seinen Leopardenslip freigab. Eine Sekunde lang klebte mein Blick an den prallgefüllten zehn Quadratzentimetern Stoff. Zum Glück ging die Sekunde vorbei, ich sah ein Objekt, Schatten, Licht, ein mögliches Cover.
Nach einer Stunde waren wir erschöpft und zufrieden. Wie nach einer guten Nummer. Tony bestellte beim Roomservice eine Flasche Prosecco, wir saßen beide auf dem Bett und fühlten uns wohl. Tony Cazzone und ich, der Star, den ich aus *Bravo*-Zeiten kannte, dessen lebensgroßes Plakat vor 20 Jahren meine Jungmädchenbude verunziert hatte, wie sollte ich das alles Christoph erklären? Zumal meine Gedanken alles andere als harmlos waren. Die Spannung war so schwülfeucht wie ein Atemzug in der Sauna, und ich wußte, daß eine Bewegung von mir genügen würde, ein vorsichtiges In-seine-Richtung-

Rücken, meine Hand auf seinem Arm — und eine mittelschwere Explosion würde stattfinden. Dies zu wissen gab mir ein fast rauschhaftes Machtgefühl, das, so wußte ich aus Erfahrung, nur zu einer Enttäuschung führen würde. Ein Schwanz war schließlich nur ein Schwanz nur ein Schwanz, seine Einsatzmöglichkeiten begrenzt. Vorfreude ist immer die schönste Freude, sagte meine Mutter, und da hatte sie ausnahmsweise recht. Es war wundervoll, wenn alle Sinne hellwach waren.
»Ich muß gehen«, verkündete ich bedauernd. »Ich bin sicher, daß die Bilder gut geworden sind. Sie sind ungewöhnlich fotogen.«
Ich stand auf, ungern, packte mein Equipment ein, während er stumm auf dem Bett blieb und mich beobachtete. Mein Blick glitt in Richtung Leopardenslip, Tony lächelte.
Ich ließ die Tasche zuschnappen, zog meinen Mantel an, stand vor ihm. »Übermorgen habe ich die Abzüge«, sagte ich, »rufen Sie mich am besten nachmittags an.«
»Mach ich«, sagte er, und es klang wie ein Versprechen. Ich schau dir in die Augen, Tony, dachte ich, als er aufund damit so dicht vor mir stand, daß wir uns fast berührten. Der Luftmillimeter zwischen uns hatte 69 Grad Celsius.
»Also dann«, fing ich an, als er seine Hände auf meine Schultern legte. Ich neigte meinen Kopf leicht schräg, denn er ist nur unwesentlich größer als ich und ich wollte nicht seinen Haaransatz küssen. Schon bevor sich unsere Lippen berührten, wußte ich, daß seine weich waren und seine Zunge heiß ...
Das Telefon klingelte. Unsere Lippen blieben aufeinan-

der, während Tony zum Hörer griff. Er drehte den Kopf: »Ja?« Dann gab er den Hörer mir, zuckte die Schultern: »Deine Schwester.«
»Ja?« fragte ich und räusperte mir den Kloß aus dem Hals.
»Hallo, Schwesterherz, hier meldet sich dein moralisches Verhütungsmittel. Stichwort Kaninchen. Tu's nicht.«
Dann legte sie auf.

★ *Make love not war* — ich bin verheiratet, ich tue beides. ★

Christoph und Marie

Sie schloß die Haustür leise auf, was nichts nützte, denn über ihr war ein Glockenspiel angebracht (Weihnachtsgeschenk von Jenna), das laut und penetrant in die Nacht klingelte.

Verdammt, flüsterte sie, denn das allerletzte, worauf sie morgens um vier Uhr Lust hatte, war ein Gespräch mit ihrem Mann. Sie zog die Schuhe aus, bloß kein Lärm, und schlüpfte ins Bad.

Die Geschichte war bis ins kleinste Detail präpariert und während der anderthalbstündigen Autofahrt geübt: »Was, es ist schon vier Uhr? Kann doch wohl nicht wahr sein! Aber wir haben bis Mitternacht vor dem *Élysée* gewartet und dann vom Portier einen Tip bekommen, daß Sting und seine Leute im *Aladin* sind. Wir also da hin, wieder nichts. Inzwischen war es halb zwei...«

Die Badezimmertür ging auf, sie drehte sich um mit zahnpastaschäumendem Mund.

»Weißt du, wie spät es ist?« fragte Christoph, und er klang eisig.

Sie spülte und gurgelte schnell. »Wie spät?« fragte sie dann unschuldig mit einer Stimme, die selbst in ihren eigenen Ohren falsch wie Kunsthonig klang.

»Es ist vier Uhr morgens, und du stehst schwankend am Waschbecken. Erklärung bitte.«
Marie holte tief Luft und ging mit ausgebreiteten Armen auf die steife Pyjamagestalt zu. Ein bißchen knuddeln, so hoffte sie — wenn es sein mußte, auch Sex — würde ihr vielleicht die lästige Lügerei ersparen. »Du siehst sexy aus, so zerwühlt«, murmelte sie an seiner Schulter, »laß uns ins Bett gehen.« Sie hob das Gesicht, um entschuldigend an seinem Ohrläppchen zu knabbern.
»Stop«, sagte er und hielt sie auf Armeslänge. »Wonach riechst du?«
Siedendheiß fiel ihr ein, daß sie sich im Hotelbadezimmer mit Tonys Cool Water eingespritzt hatte. »Wonach ich rieche?« fragte sie, um Zeit zu gewinnen, »keine Ahnung, ich hab so viele Düfte.«
»Ich kenne deine Parfüms«, sagte Christoph und schaute sie mit diesem Polizeihundblick an, den selbst die Kinder nicht ernstnahmen, der aber jetzt, im Schein der Neonlampe, fast bedrohlich wirkte. »So hast du noch nie gerochen.«
Plötzlich wurde sie ärgerlich. »Ich weiß nicht, wovon du redest, ich bin todmüde. Laß uns das Thema morgen ausdiskutieren.«
»Hey« — Christophs Stimme schraubte sich ein paar Dezibel in die Höhe, er war wirklich stocksauer — »diese Geschichte stinkt doch. Ich will wissen, was los ist. Betrügst du mich?«
Geräusche aus dem Kinderzimmer. »Mami, was ist los?« rief Stephanie. Als Marie an ihr Bett trat, schnellten aus den Nachbarbetten zwei kleine Köpfe hoch. »Mami, Mami, Schiedischadi«, krähte Gabriel fröhlich. Es schien sein Lieblingswort zu sein.

Marie seufzte. Diese Nacht konnte sie wohl abschreiben. War es erst zwei Stunden her, daß sie mit Tony im Hotelzimmer gestanden hatte, heiß und blutjung? Jetzt hatte sie kalte Füße und fühlte sich mittelalt. Da Christoph inzwischen ins Bett gegangen war, wollte sie ihn lieber einschlafen lassen. Weder Bock auf Versöhnungssex noch auf Beziehungsgespräche. Also ab aufs Klo mit Gabriel. Kein Klopapier. Keine Kleenex. Mußt du wirklich Schiedischadi? Ja, ganz doll. Seufz.
Was für ein Tag, was für eine Nacht! Sie brannte auf eine schwesterliche Aussprache, aber Jenna war am Telefon so komisch gewesen, so sauertöpfisch. Gabriel ruckelte von der Brille, wo waren die Tempotücher? Scheiße, im wahrsten Sinne des Wortes! Leise Schnarchtöne drangen aus dem Elternschlafzimmer; Gott sei Dank, er war eingeschlafen.
Eine halbe Stunde später lag auch Marie neben ihm, völlig übermüdet und alle Nervenenden bloßgelegt. Ihre Gehirnzellen wirbelten, es funkelte hinter den Augenlidern, das Herz klopfte. Morgen würde sie bei seinem Manager anrufen und den Job absagen.

Sandra

Schon als er postkoital über mir zusammenbrach, bereute ich die Sache. Ich schaute über seine rosig schimmernde Platte aus dem Fenster und überlegte, ob ich jemals lausigeren Sex gehabt hatte. Es lag nicht an Heinrich, der ein sehr bemühter Lover war, an den richtigen

Stellen drückte und leckte und sich auch lästige Fragen wie: »Ist es schön für dich? Bist du gekommen? War ich gut?« verkniffen hatte, aber es ist eben leider nicht richtig, daß Macht ein ausreichendes Aphrodisiakum ist. Die Chemie zwischen uns stimmte nicht, er war einfach äußerlich nicht mein Typ. Zu groß, zu trichterbrüstig, zu wenig Haare auf dem Trichter, und die auch noch rötlichblond. Er lag neben mir, leicht schnaufend, und schon beim Anblick seiner knorpeligen Knie, des einen langen Haares, das aus seinem Hals wuchs, kräuselte sich meine Schamlippe nach innen.
Ich hatte wirklich versucht, ihn mir schön zu trinken, der Kellner im *Rain Forest* zwinkerte schon, als er uns die dritte Flasche Pinot Noir brachte, und auf dem Weg zur Damentoilette nahm ich die Eckkanten der Nachbartische mit, so kam es mir jedenfalls vor. Bei einem meiner Gänge hatte ich diskret meine Kontaktlinsen entfernt und sah die Welt danach durch einen angenehmen rosa Nebel.
Ich bereute diese Nacht so sehr, daß mir richtig schlecht wurde. Wenn Faltermeyer unsere horizontalen Übungen als genauso enttäuschend empfand wie ich, konnte ich meiner Karriere bei *Dolce Vita* vermutlich Goodbye sagen. Er hatte einen guten Draht zum Chef, und es fiel mir nicht schwer, mir den Dialog zwischen den beiden vorzustellen:
PRIESS: Sag mal, Heinrich, wie macht sich eigentlich die Örtel?
HEINRICH: Warum fragst du?
PRIESS: Weil ich den Eindruck habe, daß wir mit ihr einen guten Fang gemacht haben. Ich dachte daran, sie vielleicht ein Jahr in unser New Yorker Büro zu schicken. Damit sie ein bißchen Erfahrung sammelt.

HEINRICH: Ich weiß nicht, Mannie. Sie ist doch erst 23, und die meisten ihrer Storys muß ich umschreiben.
PRIESS: Das wußte ich ja gar nicht. Ja dann.

Als ich die Redaktion betrat, schüttelte ich meine Schreckensphantasien ab. Ich sollte Kitschromane schreiben. Warum quälte ich mich mit Dingen, die zum Glück nie passiert waren; Heinrich war mein Vorgesetzter und hatte nie das geringste Interesse an mir gezeigt, was total auf Gegenseitigkeit beruhte. Wahrscheinlich trank ich zuviel Kaffee. Ich holte tief Luft. »Hallo, Tinka«, sagte ich fröhlich mit schmerzhaft nach oben gezogenen Mundwinkeln. »Ist der Chef schon da?«

Ich hatte Fräulein Gillmeyer beim Nägellackieren unterbrochen und mußte meine Frage zweimal wiederholen. Dann geruhte sie ihren rabenschwarzgefärbten Kopf zu heben. »Herr Faltermeyer ist noch nicht im Büro«, sagte sie.

»Hat er sich einen Urlaubstag genommen?« fragte ich scheinheilig.

»Nee, er fühlt sich nicht wohl, er kommt später rein.«

Schlief er zu Hause seinen Rausch aus?

Ich ging in mein Büro und versuchte, den Pressereferenten von Joschka Fischer an die Strippe zu bekommen. Fischer wollte sich, wenn überhaupt, nur beim guten Essen interviewen lassen, aber seine Sekretärin hatte vertraulich bei mir angerufen und mir gestanden, daß er in den letzten Monaten 20 Pfund zugenommen habe, und ob wir uns nicht besser bei einer Flasche Mineralwasser treffen könnten. Daraufhin hatte er das Interview abgesagt.

»Guten Morgen, Herr Häfele«, zwitscherte ich. »Wollen wir verhandlungsmäßig in die nächste Runde gehen?«

Jenna

Ich klingelte, und das übliche Chaos begrüßte mich. Das Kinderknäuel aus Nichte und Neffen rollte durch die Wohnung, die Putzfrau, eine flotte Tschechin Mitte Fünfzig, staubsaugte mit Ohrenstöpseln, alle Möbel waren verrückt, Christoph stand in der Küche und legte Tomatenscheiben auf eine tiefgefrorene Pizza, die er danach in die Mikrowelle schob. Er sah genervt und müde aus.

»Wo ist Marie?« fragte ich und holte mir ein Bier aus dem Kühlschrank.

»Unterwegs«, sagte er nur.

»Aushäusige Gattin, was machst du falsch?« flachste ich.

Auf seine heftige Reaktion war ich nicht vorbereitet: »Mir wäre es auch lieber, wenn sie sich gelegentlich auf ihre Mutterpflichten besinnen würde. Von ihren ehelichen will ich gar nicht reden.«

O Gott, Wespennest. Ich verspürte wenig Lust, den Eheberater zu spielen, aber ich mochte meinen Schwager und fand das Verhalten von Marie ziemlich schäbig. »Probleme?« fragte ich nur.

Er seufzte. »Hat sie dir denn nichts erzählt?« fragte er müde. »Weißt du, wo sie sich gestern nacht herumgetrieben hat?«

Ich nahm einen großen Schluck aus der Bierflasche und verschluckte mich prompt. Wenn er mich besser gekannt hätte, wüßte er jetzt, wie ertappt ich mich fühlte, wie unsicher. Ich wischte mir den Schaum vom Mund, griff zur Zigarette, um ein paar Sekunden herauszuschinden. »Irgendein Schlagerfuzzi, glaube ich«, blieb ich bewußt vage.

»Du nennst *Sting* einen Schlagerfuzzi?« fragte er ungläu-

big, und ich reagierte blitzschnell: »Sting, Jürgen Marcus, Tony Cazzone, für mich ist das eine Wichse.«
Plötzlich lachte Christoph, und als ich mich nach einmal Tiefdurchatmen traute, ihm ins Gesicht zu blicken, stellte ich drei Grübchen fest. Das im Kinn war mir schon aufgefallen, aber die beiden rechts und links davon waren eine Neuentdeckung. Wie bei Tony, dachte ich und verbot mir diesen Vergleich sofort. Herr Cazzone hatte in dieser Wohnung nichts zu suchen, auch gedanklich nicht. »Du hast ja drei Grübchen«, rutschte es mir heraus. »Wie schnuckelig.«
»Stellst du das jetzt erst fest?« lachte er und sah auf einmal verdammt attraktiv aus, alles Hausmännliche und Schwagerbiedermäßige war wie weggewischt. Erstaunt und leicht beunruhigt spürte ich diese heiße, süße Schwäche, die wirklich nicht in die Küche meiner Schwester gehörte und mit Sicherheit nicht zu dem Mann mit der Schürze, der seit sechs Jahren mein Schwager war. Wir schauten uns an, plötzlich wortlos.
Christoph räusperte sich. »Tja, also, mal sehen, was die Pizza macht. Bleibst du zum Abendessen?«
»Vielen Dank«, lehnte ich das Angebot ab, das mir auf einmal unerlaubt und gefährlich vorkam. »Ich hab mich heute morgen nackt im Spiegel gesehen. Dieser Körper ist eindeutig zu gut genährt.«
»Ich finde diesen Körper sehr schön«, sagte Christoph, und diesmal räusperte ich mich. Laut und, wie ich hoffte, ernüchternd.
»Nett von dir«, sagte ich schwägerinnenhaft, »aber ein heißes Date wartet.« Beim Hinausgehen drehte ich mich noch einmal um: »Die Schürze steht dir«, sagte ich.

Tony und Rüdiger

»Der Deutsche ist per se kein schöner Mensch«, dozierte Rüdiger Schneider am Frühstücksbüffet des Münchner *Hilton*. Seine Frau war als strenge Kontrolleuse nicht dabei, also verschlang er genüßlich sein drittes Ei mit Bratkartoffeln. Mit seiner vorne reingestopften Serviette sah er wie ein riesengroßes, bärtiges Baby aus. »Vorgestern bin ich mal wieder mit der U-Bahn gefahren, morgens um acht. Nur graue Einheitsgesichter, der geballte Frust. Ist dir schon mal aufgefallen, wie häßlich frischgeschlüpfte deutsche Babys sind? Gertie würde mich killen, aber als unser Jonas auf die Welt kam — ich mußte dabei sein —, da hätte ich ihn am liebsten wieder zurückgestopft. Sind es unsere Gene, bestraft uns der liebe Gott für den Holocaust, oder ...«

Die Stimme seines Managers glitt über Tonys Wahrnehmung hinweg wie Öl übers Wasser. Jabbeldijabbeldijabbel. Eine dritte Tasse Cappuccino stand vor ihm, gedankenverloren nippte er und verschluckte sich an der brühendheißen Flüssigkeit.

»Tony, alter Knabe, hörst du mir überhaupt zu?«

Tony war noch nie aufgefallen, wie laut und schrill Schneiders Stimme tagsüber klang, bevor der erste Cocktail am frühen Abend Tonys Sinne sanft zu umnebeln begann. Um die Attacke abzuwehren, gab er ein paar zustimmende Laute von sich: »Du hast ja so recht, Rüdiger, genau so ist es, finde ich absolut.«

Er dachte an Marie, und ob und, wenn ja, wie er sich ihr wieder nähern sollte. Daß viele seiner Affären verheiratete Frauen waren, hatte ihn noch nie gestört, im Gegenteil, so konnten sie nicht auf Verbindlichkeit drängen, hatten begrenzte Zeit, waren immer leicht schuldbewußt, was er aufs köstlichste auszunutzen wußte, und last not least sexuell meist fürchterlich gelangweilt — niemand war unersättlicher im Bett als eine ausgehungerte Ehefrau.

Warum also störte es ihn bei Marie? Warum hatte er sich nachts im Bett gewälzt, vor lauter Verzweiflung Hella von Sinnen im Fernsehen angeschaut und eine Wiederholung von Kojak und sich in allen quälenden Einzelheiten ausgemalt, wie sie nach Hause kommen, bei ihrem Mann unter die Decke schlüpfen, er sich im Schlaf umdrehen, sie ihn auf die Stirn küssen würde?

Es machte ihn richtig krank, und er wollte diese Art von Krankheit nicht. Tony Cazzone, der schwarze Ritter von der einsamen Gestalt. Der Unerreichbare, nach dem die Frauen lechzen sollten, das war die Rolle, die ihm gefiel. Außerdem war Marie mindestens zehn Jahre zu alt für ihn. Er liebte seine Mädels blutjung, faltenlos und unerfahren; Runzeln, freche Speckpolster an unerwünschten Stellen und altersbedingte Depressionen hatte er schließlich selber.

»Halt die Schnauze, Rüdiger, ich bin noch nicht ganz da«, seufzte er und trank den lauwarm gewordenen Milchkaffee aus. Spuck. Zuviel Zucker.

»Stellst du eine philosophische Betrachtung an, Tony?« fragte Schneider ironisch. Wann immer er Gelegenheit hatte, wies er subtil darauf hin, daß er Abitur und sein Klient in Italien nur die Dorfschule geschafft hatte. Es wurmte Tony, der jeden Donnerstag das Kreuzworträtsel des *Stern* in einer Stunde löste und sämtliche Fußball-

mannschaften Europas auswendig kannte, daß seine Platten von Abiturientinnen nicht mit der Feuerzange angefaßt wurden und ihn damit genau die Mädchen als präsenile Schmalzdrüse betrachteten, auf deren Anerkennung er so viel Wert legte, während er für diejenige Weiblichkeit der Erfinder des feuchten Konzertsitzes war, die er heimlich verachtete — Verkäuferinnen mit schlechter Dauerwelle, Hausfrauen mit Hängebusen, die am Bügelbrett die Schlagerparade von NDR 2 mitsummten.
Der Tag stand vor ihm wie ein schlechtgelaunter Chef. Am liebsten wäre er ins Bett zurückgeschlüpft und hätte noch ein paar Stunden Embryo gespielt. Aber er hatte Proben, zwei Interviews, Attilio, sein zwölfjähriger Sohn aus gescheiterter Ehe, wollte in den neuen Ottofilm, und es war erst halb elf. Ich bin in eine dreißigjährige Mutter verliebt, dachte er. Wie unnötig. Und wie aufregend.

Sandra und Heinrich

Sie hörte ihn kommen, sein lautes: »Hallo, Tinki, was Wichtiges?«, das Anknipsen des Fernsehgerätes, das Rascheln der Papiere auf seinem Schreibtisch. Sie holte tief Luft. Der Augenblick stand vor ihr, erhob drohend sein Schwert und wollte überwunden werden. Sie stand auf, zog den Rock in Knierichtung, ein bißchen Lippenstift, Obsession von Calvin Klein auf alles, was pulsierte. Ohren, Hals, Handgelenk. Zahnarztgefühl. Und dann machen Sie den Mund bitte gaanz weit auf, jetzt wird's gleich ein bißchen wehtun.

»Wie ist der Chef drauf, Tinka?«
»Wenn die Tür zu ist, geht's«, grunzte sie, gestört in ihrer Lektüre von *Wahre Geschichten*, »es ist niemand drin, kannst rein.«
»Hallo, Heinrich!« Gott, er sah kaputt aus. Wie alt war er eigentlich? Er gab 41 zu, aber hier und jetzt, im fahlen Licht der Nachmittagssonne, wirkte er alt genug für eine Rentenbescheinigung. Senilosex mit einem Frührentner, nur um die Karriere voranzutreiben — der Gedanke, daß sie, natürlich nur in ihrer allerhintersten Herzkammer, genau damit geliebäugelt hatte, stieß ihr auf wie eine versalzene Fischsuppe. Rumpelstilzchengefühl. Ach, wie gut, daß niemand weiß ...
»Hallo, Heinrich«, wiederholte sie.
Er blickte nicht auf, schrieb fast wütend weiter. »Hallo«, sagte er. »Was kann ich für Sie tun?«
Er machte auf eisig, wahrscheinlich konnte er Gedanken lesen. Zum erstenmal schaute er sie an. Seine Augen waren leicht gerötet und sahen ärgerlich aus. Wütend fast. Ob er daran dachte, sie aus seinem Ressort zu ekeln?
Sie schenkte ihm ihr schönstes Lächeln. »Haben Sie gut geschlafen, Heinrich?«
Er ging nicht darauf ein. »Wie sieht's aus?«
»Ich hab Joschka Fischer gekriegt, für zwei Stunden, inklusive Fotos.« Lobheischend strahlte sie ihn an, er grunzte nur.
»Nehmen Sie Jennas Schwester mit, wie heißt sie noch, Marie, und wenn die nicht kann, Jan. Der kann auch mal was Ernsthaftes machen.«
»Okiedokie«, sagte Sandra, und drehte sich zur Tür. Sie

hatte die Klinke schon in der Hand, als seine Stimme sie im Rücken traf wie eine Faust.
»Trink nicht so viel mit Joschka«, sagte er. »Manche Männer werden im Suff unberechenbar.«

★ Was du nicht willst, daß man dir tu,
das füg doch einfach andern zu. ★

Jenna

»Ein Bier bitte, gezapft«, sagte ich und brach auf dem Barhocker zusammen. Was für ein Tag. Die Story war fertig, aber ich war nicht wunschlos glücklich damit. Der Verdacht, daß mir das Objekt meiner journalistischen Begierde durch die Tasten geschlüpft war, ich etwas Wichtiges vergessen hatte, nagte bösartig an mir. Leise murmelte ich den Schlußabsatz vor mich hin, mein Nebenmann rutschte einen Hocker weiter (wahrscheinlich dachte er, bei mir sei 'ne Schraube locker): »Und so singt er weiterhin ›*Laß mich dein Casanova sein!*‹ auf Betriebsfesten und Hochzeiten, und der Chef oder Brautvater klopft ihm auf die Schulter und lädt ihn zum Essen ein. Danach, allein in seinem Mercedes, holt er den ihm diskret zugesteckten Scheck aus der Brusttasche, legt ihn ins Handschuhfach und spielt ein Tape mit seiner Lieblingsmusik, Van Morrison, so laut, so betäubend, daß sein Trommelfell vibriert. Nur einmal so singen können. Nur einen Tag nicht Tony Cazzone sein.«
Der Schluß klang ziemlich dramatisch, aber mir fiel nichts mehr ein. Doch war er wirklich dieses untalentierte Elendspaket? Hatte ich alle Seiten von ihm erwischt oder steckte mehr in ihm, viel mehr, und meine

Schwester war dabei, auf Entdeckungsreise zu gehen? Christoph machte sich parallele Gedanken, das hatte ich beim letzten Besuch deutlich gemerkt.
Nach dem Bier bezahlte ich, denn ich war vor zwei Jahren nach einer Bürofeier mit 1,2 Promille erwischt worden, und nach einer saftigen Geldstrafe von 3000 Mark und einjährigem Führerscheinentzug hatte ich beschlossen, wenn solo, dann nie mehr als ein Bier. Während ich zum Auto ging, überlegte ich, wen meiner Exlover ich als erotischen Einschlaftraum wiederbeleben sollte, denn für eine richtig saftige Phantasie reichte meine Kraft heute abend nicht. Den Spanier mit der glatten, braunen Haut; meinen Deutschlehrer; den englischen Barkeeper aus Miami; Christoph? *Christoph?* War ich denn wahnsinnig geworden? Das Beck's hatte mir doch mehr zugesetzt, als ich dachte.
Wo war mein Fiat? Gott war ich müde. Licht an, Rückwärtsgang. Ich lenkte mit der einen Hand, mit der anderen schob ich eine Bruce-Springsteen-Kassette ein. *»Born in the USA«*, ich hatte einen schlichten Musikgeschmack. *»I'm on Fire«* sang Bruce, schwungvoll setzte ich nach hinten, als ich — knirsch — eins dieser streßinfarktträchtigen Kollisionsgeräusche hörte. Knirsch. War das ein splitterndes Glas? Mein Herz klopfte aufdringlich. Ich riß die Tür auf, stürzte nach draußen. Ein alter Mercedes — eine der wenigen Automarken, die ich im Dunklen identifizieren konnte — fuhr gerade vom Parkplatz. Ich raste hinterher, stoppte das Auto, bummerte auf die Kühlerhaube.
»Anhalten!« schrie ich. »Halt das Auto an, du Scheißkerl!« Das Auto hielt, langsam wurde eine Scheibe herunter-

gekurbelt, eine Stimme fragte: »Ein bißchen zuviel getrunken, Kleine?«
Das war ja wohl das Letzte. Heiß schoß Adrenalin durch meine Venen (oder waren es die Adern, Biologie war immer mein schwacher Punkt), ich steckte meinen Kopf ins Auto, sah einen dunklen Lockenkopf, aha, signalisierte mein schrill erwachtes Rassistenhirn, natürlich Ausländer, wahrscheinlich Rumäne oder Türke ohne Führerschein.
»Darf ich Sie darauf hinweisen, daß Sie mich beim Rausfahren geschnitten haben? Mein rechtes Rücklicht ist wahrscheinlich hin. Geben Sie mir die Telefonnummer Ihrer Versicherung, damit die für den Schaden aufkommen kann.«
Der Lockenkopf schob sich in meine Richtung, so daß ich mich notgedrungen zurückziehen mußte. Als ich direkt in der Scheibe steckte, kurbelte dieser Unfallflüchtige sie soweit hoch, daß ich meinen Kopf nicht bewegen konnte und wie ein Idiot im Auto steckte.
Er grinste unverschämt. »Sorry, falsch gekurbelt«, sagte er und erlöste mich. Doch kein Ausländer, der ostzonale Akzent verriet ihn. Diese Ossies wurden wirklich immer frecher.
Ich rieb mir den Hals und fauchte:
»Soll ich die Polizei rufen?«
»Wollen Sie das wirklich«, fragte er seidenweich, »und es auf einen Alkoholtest ankommen lassen?«
Shit, ich hatte mein Bier vergessen. *»Ciao, bella!«* rief er, beugte sich weit heraus, winkte mir zu, und plötzlich kam er mir merkwürdig bekannt vor. Diese breite Nase, die teppichbraunen Augen, die breiten Schultern.

Unter anderen Umständen hätte ich vielleicht nach seiner Telefonnummer gefragt, jetzt war ich nur noch wütend.
»Stop, du Schwein!« schrie ich, aber es war zu spät. Er hatte die Ausfahrt fast erreicht, als ich mich auf meine Reporterseele besann. Das Nummernschild war zum Glück beleuchtet. Ich entzifferte HH-HL-4, die beiden letzten Ziffern nahm er mit auf die nächtliche Straße.
»HH-HL-4«, murmelte ich vor mich hin, während ich mein kaputtes Rücklicht musterte. Dich krieg ich, schwor ich mir. Es waren nicht die 200 Mark, die eine Reparatur kosten würde, es war sein freches Grinsen. Morgen würde ich ihn anzeigen, dann würde man sehen, wer zuletzt lachte.
Zu Hause blinkte mein Anrufbeantworter. Marie, die Fremdgängerin: »Hi, Sweetheart, hast du meine Fotos gesehen? Sind sie nicht super? Ruf mich an.« Aldo Centis, der 56jährige Seniloflirt von einer Mailandreportage: »Darling, ich bin im Münchner *Hyatt*. Drei Tage und drei Nächte. *Feel like coming?*« Meine Mutter: »Jenna, hier ist deine Mutter. Ist das jetzt die Kommunikation mit meinen Töchtern? Macht mich nervös. Melde dich.«
Ich zündete eine Zigarette an, wählte Maries Nummer.
»Hallo.« Das war Christoph.
Ich unterdrückte den Impuls, aufzulegen, sagte: »Hallo, Schwagerherz, ist die Gattin im Lande?«
»Ist sie nicht«, sagte er kurz, seine Stimme klang müde und traurig. »Brauchst du Trost?« fragte ich, und es sollte halb witzig klingen, aber es kam halb ich-weiß-nicht-wie heraus.

»Welche Art von Trost?« fragte er, und seine Stimme schien etwas aufzuleben.
»Schwägerinnentrost«, lachte ich.
»Es ist halb zwölf, ich bin schon im Bett, da ist Schwägerinnentrost nicht mehr angemessen.«
»Stimmt«, sagte ich, »schlaf gut.«
»Du auch«, sagte er.

Anneliese und Jo

In den letzten 30 Minuten waren ihre Füße warm geworden. Das war nicht die einzige angenehme Erfahrung der vergangenen Monate; insgesamt sah sie besser aus, jünger, rosiger, frisch durchbluteter, sie lachte mehr — und für alles gab es nur einen Grund. Er lag neben ihr, leise schnarchend, der rechte, behaarte Oberarm lag entspannt über ihrem Bauch. Sie streichelte ihn zärtlich. Im Schlaf sah Jo wie eine Kreuzung von Wackelpudding und Babywal aus. Und verdammt jung. Zu jung, das wußte sie; gestern, auf einer Vernissage, hatte sie jemand freundlich gefragt: »Ist das Ihr Ältester, Frau Wissbach? Wir wußten ja gar nicht, daß Sie auch einen Sohn haben?« Anneliese hatte es noch nicht gelernt, in solchen Situationen souverän zu reagieren; sie errötete, murmelte etwas von »mein Bekannter«, was die ganze Sache nur schlimmer machte. Jo hatte den Ansturm neugierigen Interesses viel gelassener genommen. Er legte den Arm um ihre Schulter, strahlte mit allen Zähnen und sagte: »Wir sind verlobt. Sowie ich mein Abitur habe, heiraten wir.«

Nicht alle verstanden das als Scherz. »Ich hoffe, Sie meinen Abendabitur«, hatte einer gezischt, und ein weiblicher Dreifach-Twen auf der Geburtstagsfeier von Ingrid war rot angelaufen. »Kinderschänderei nannte man das zu meiner Zeit«, was Jo, der nie um eine witzige Replik verlegen war, zu einem schmunzelnden »Madame, es ist wunderschön, geschändet zu werden, Sie sollten es auch einmal probieren« veranlaßt hatte.
Fast 20 Jahre jünger. Leicht ihr Sohn. Noch leichter ihr Schwiegersohn. Doch ihre Gefühle waren alles andere als mütterlich. Es klang so gräßlich klischeehaft, aber sie hatte sich noch nie so sehr als Frau gefühlt. Auch bei ihrem Verstorbenen nicht, Gott hab ihn wirklich selig, der es als Höhepunkt ihrer sexuellen Abenteuerlust ansah, wenn sie oben lag, was sie schwierig gefunden hatte, weil sein ehemännlicher Lustspender, klein und schlüpfrig wie ein Aal, in dieser Position leicht rausrutschte. Also stopfte sie nach, was sie jedoch so viel Konzentration kostete, daß sie zwar manchmal kurz davor, aber nie ganz da gewesen war. Cunnilingus hatte sie erst bei Jo kennen- und zu ihrem Erstaunen innig lieben gelernt, sie schluckte sogar, was sie bei ihrem Ex richtiggehend angeekelt hätte.
Sie schaute auf die Uhr. Elf Uhr vormittags. Jo war arbeitsloser Lehrer, hatte also viel Tagesfreizeit. Er unterrichtete nachmittags vier Stunden Deutsch für Ausländer und Französisch an der Fremdsprachenschule, davon konnte er seine Zweizimmerwohnung und ein bescheidenes Leben bezahlen. War er ein Gigolo, einer, der von der Gutmütigkeit einsamer, älterer Frauen lebte? Anneliese hatte sich diese Frage am Anfang oft gestellt, als

sie ihm im Restaurant unter dem Tisch diskret die Geldscheine zusteckte, damit sein Ego nicht litt, wenn ihm der Kellner süffisant lächelnd die Rechnung vorlegte.
Während sie duschte, ihren nur leicht birnenförmigen Körper von oben bis unten mit Ponds-Nährcreme einrieb, sich die rasierten Achselhöhlen mit Puder einrieb (nichts fand sie unappetitlicher als Urwald unterm Arm), grübelte sie wieder einmal über diese Frage nach. Und wenn schon, dachte sie trotzig, ich kann es mir ja leisten. Ihr Verstorbener war Abteilungsleiter einer Versicherung gewesen und hatte sie gut versorgt zurückgelassen.
Sie zog sich an, schaute kurz ins Schlafzimmer. Er schlief den satten Schlaf der Arbeitslosen.
»Vier Müslibrötchen, bitte«, sagte sie im Bäckerladen, »und zwei Croissants.« Jo hatte nach dem Sex immer einen Bärenhunger, und auch sie aß wie zur Zeit ihrer Schwangerschaften. Trotzdem blieb sie erträglich schlank, bis auf die Rundungen bäuchlings, die sie trotz dreimal wöchentlich Gymnastik in der Volkshochschule nicht wegbekam. *C'est le sport en chambre*, dachte sie vergnügt, als sie das Treppenhaus mit zwei Tüten betrat. Sie liebte diese beschaulichen Frühstücke in ihrer Küche, beide im Bademantel, er mit der *Frankfurter Rundschau*, sie mit der *Morgenpost*, die er verabscheute, ab und zu ein Satz, wie in einer guten Rentnerehe.
»Hallo, Mutti, bist du das?« rief es von oben. Anneliese erstarrte. Marie schaute durchs Geländer. »Ich war gerade in der Gegend und hatte Lust auf eine Tasse Kaffee«, sagte sie aufgekratzt. »Du hast Brötchen gekauft, super. Gedankenübertragung.«

Kleine, heiße Gedanken kreisten in Annelieses Hirn, doch nicht einer machte Sinn. Marie hatte keine Ahnung von dem jugendlichen Hobby ihrer Mutter, das da selig im Elternschlafzimmer lag, quer über der Besucherritze.
Ihre Jüngste war oft so moralinsauer, so rechthaberisch, ganz im Gegensatz zu Jenna, die viel toleranter war. »Mutti, dieses Kleid, meinst du wirklich? Findest du nicht, daß diese Lippenstiftfarbe ein bißchen zu jugendlich ist?« Sie wollte ihre Mutter in der Mutti- bzw. Omaecke, brav, Kinderpullover strickend, in gedeckten Farben gekleidet und selbstverständlich asexuell. »Der Gedanke, daß es alte Menschen noch immer miteinander treiben, ist gruselig für mich«, hatte sie einmal taktloserweise gesagt und dann, um die Sache schlimmer zu machen, hinzugefügt:
»Mach doch nicht so ein Gesicht, Mutti. Das ist doch kein Thema mehr für dich.«
Anneliese schloß auf, und stellte fest, daß die Schlafzimmertür nur angelehnt war. »Geh schon mal in die Küche und setz Kaffee auf«, sagte sie resigniert. Ein schneller Blick, Jo schlief immer noch. Sie zog die Tür hinter sich zu. Marie hatte inzwischen den Tisch gedeckt, Marmelade, Honig, Butter, Käse. Zwei Eier blubberten im Wassertopf.
Anneliese war der Appetit vergangen. »Kind«, fing sie an, »setz dich, ich glaube, wir müssen mal miteinander reden.«
Jenna setzte sich. »Was ist los, Mutti, du siehst ja plötzlich aus wie ausgekotzt. Ist dir schlecht?«
»Mir geht's hervorragend«, sagte Anneliese bestimmt. »Mir ist es nie besser gegangen.«

Sie holte tief Luft und öffnete entschlossen den Mund, als sie im Rücken einen Luftzug spürte und Marie einen spitzen Schrei ausstieß:
»Mutti, du hast einen nackten Mann in der Wohnung. Ruf die Polizei, schnell.«
Als Anneliese sich umdrehte, sah sie Jo lachend in der Tür stehen. Er war splitternackt bis auf eine rosa Schleife, die er sich um den Schwanz gebunden hatte.

Marie und Christoph

Sie saßen um den Küchentisch, das heißt, die Erwachsenen saßen: Marie und Christoph, Carmen und Peter Martin, mit denen sie sich angefreundet hatten, weil ihre Kinder im gleichen Alter waren. Bobby, Carmens und Peters Ältester, war drei, Paloma anderthalb Jahre alt. Fünf Kinder tobten in der Restwohnung, Marie und Christoph versuchten, sich zu entspannen. Besonders, wenn es ruhig war, vibrierten ihre Nerven: Was war jetzt wieder los?
Gesprächsthema bei Wiener Schnitzel mit Kartoffelsalat: Kinderscheiße. Am Ende der Suppe hatten sie geklärt, daß Daniel nur noch Kacka in die Windeln machte, dafür seinen Piedel gern wie einen Gartenschlauch in die Gegend hielt. Gabriel noch sowohl Kacka als auch Pipi. Bobby war schon völlig trocken, aber er gab oft falschen Alarm: »Bobby muß mal«, krähte er, wenn er sich im Kaufhaus oder im Autokindersitz langweilte, nur um dann, wenn seine verschwitzt-gestreßten Eltern ihm in einer dunklen Ecke die Oshkosh runterrissen, fröhlich zu sagen:

»Bobby muß doch nicht.« Paloma war in dem pflegeleichten Alter, in dem sich die Frage noch nicht stellte.

»Wer möchte noch Kartoffelsalat?« fragte Marie, nicht etwa um abzulenken, denn dieses Thema brachte sie keineswegs um den Appetit. Sie konnte mit einer Hand ein zugeschissenes Kind (nur ihr eigenes allerdings) sauberwischen und sich mit der anderen ein Brötchen schmieren.

Doch Carmen war noch nicht bereit, auf weniger Weltbewegendes einzugehen. »Das Merkwürdigste bei Bobby ist, daß er noch nicht weiß, ob was im Töpfchen ist oder nicht«, lachte sie genüßlich mit offenem Mund. »Alle paar Sekunden steht er auf und guckt rein.«

Wie aufs Stichwort kam Daniel in die Küche: »Ich muß stinkie-stinkie«, verkündete er und schaute auffordernd seine Mutter an. Marie gab die Aufforderung stumm an Christoph weiter, der sie ebenso stumm ignorierte. Er hatte sich gerade eine Zigarette angezündet und keine Lust auf Klo-Wache.

»Geh schon mal vor«, sagte Marie seufzend mit einem wütenden Blick, der jedoch verpuffte, was sie nur noch wütender machte. Die Rache des beleidigten Mannes, sinnierte sie, als sie Daniel die Hose herunterzog, vorsichtig seinen Piedel hinter die Klobrille steckte und zwecks Stimulierung, den Tip hatte sie aus *Eltern*, den Wasserhahn anstellte.

»Sag Bescheid, wenn du fertig bist, Daniel«, ermahnte sie.

Im Wohnzimmer, dessen ominöse Stille sie nervös machte, war visuelle Schadensbestimmung angesagt. Vier Kinder saßen brav und stumm vor dem Fernseher.

»Ich hab ein Video von euch eingelegt«, verkündete Stephanie, nur eine Prise schuldbewußt. »Du kannst uns ruhig alleine lassen.«
»Was für ein Video«, fragte Marie freundlich, »Donald Duck oder Snoopy?«
Arglos trat sie ans Sofa, warf einen Blick auf den Bildschirm und erstarrte. Ein nacktes Paar räkelte sich auf einem zerwühlten Ehebett, der Mann fragte: »Kann ich ihn jetzt reinstecken?« Der Frauenkopf tauchte aus dem Schoß des Mannes auf und lachte: »Noch einen Augenblick, ich bin gleich soweit.« Die beiden Darsteller auf dem peinlichen Heimvideo waren Christoph und sie, der Film war eines Nachts aus Albernheit entstanden, als sie die Kamera neu hatten.
»Mami, was macht ihr da?« fragte Gabriel.
Seine große Schwester stupste ihn. »Mami und Papi sind am Ficken«, erklärte sie fröhlich, während Marie die Kassette blitzschnell aus dem Gerät drückte.
»Sind die Kinder friedlich, soll ich helfen?« rief Peter aus der Küche.
»Alles unter Kontrolle!« rief Marie zurück und steckte schnell die Heidi-Kassette rein. »Das ist viel interessanter«, sagte sie und ging aufs Gästeklo. Kein Daniel. »Daniel, wo steckst du?«
»Hier«, rief er aus dem Kinderzimmer, wo er auf dem Plastikpotti mit Bärenkopf thronte. »Hab stinkie-stinkie macht«, sagte er stolz, »will Papa zeigen.«
Marie schmunzelte. Rache riecht, dachte sie, als sie ihrem Sohn nachschaute, der mit seinem vollen Topf schwankend in die Küche ging. Mit dieser Peinlichkeit sollte er fertig werden, sie wußte von nichts.

In der Küche waren drei Erwachsene mit Abitur bei kalifornischem Pinot Noir in ein intelligentes Gespräch vertieft. Der Golfkrieg und seine Folgen, die palästinensische Situation, die israelische Frage. »Man kann nur hoffen, daß die Exportbestimmungen für die gesamte Rüstungsindustrie erheblich verschärft werden«, dozierte Christoph gerade, während sein Sohn in die Küche kam. »Nie wieder darf deutsches Gas mit einem Juden in Berührung kommen.«
Er griff zur Weinflasche, als er am Ärmel eine weiche Berührung spürte. »Papa, guck mal!« krähte Daniel und hob den Topf so hoch, wie er konnte. Es schwankte gefährlich.
Die drei Großen erstarrten kurz, Christoph griff energisch zur Trophäe. »Wunderbar, mein Kleiner, laß Papa mal auskippen.«
Peter und Carmen griffen gelassen zu ihren Weingläsern. Sie waren Eltern, also allerhand gewöhnt: Konversationen in Halbsätzen, Restauranttische, die aussahen wie nach dem Erstschlag, vollgepinkelte Sofakissen.
Das Telefon klingelte. »Ich geh ran«, schrie Marie, doch Stephanie war schneller. »Hallo, ich bin's«, flötete sie ins Telefon. »Wen willst du sprechen?«
Christoph, auf dem Weg zum Klo, traf Marie auf dem Weg zum Telefon.
»Mami, ein Herr Tony für dich«, meldete Stephanie.
Eine heiße Stichflamme zischte zwischen Ehemann und Ehefrau hoch. »Ich komme«, rief Marie und vermied es, Christoph anzusehen. »Hallo«, sagte sie.
»Ich bin's, Tony«, sagte diese Stimme, die sie in jeder anderen Situation gern gehört hätte, nur nicht hier und

jetzt, mit ihrem Mann in Hörweite, der gerade den Topf auskippte, und Freunden, die in der Küche verstummt waren. »Hallo, Tony, was kann ich für Sie tun?«
»Da könnte ich mir einiges vorstellen«, sagte die Stimme, amüsiert, restlos entspannt. *»Is this a bad time?«* Tony streute gern ein paar Anglizismen in seine Rede, denn er hatte Anfang der 70er Jahre mit der englischen Version von *»Casanova«*, *»Let me be your lover boy«*, auf Platz 57 der amerikanischen Hitparade gestanden.
»Wir sind gerade beim Essen, Tony, aber sagen Sie ruhig, was los ist.«
Er verstand den Wink sofort. Jahrelange Liaisons mit Ehefrauen hatten ihn Sensibilität gelehrt. »Okay«, meinte er geschäftsmäßig, »ich wollte Ihnen nur sagen, daß wir von den Fotos sehr angetan sind. Wir sollten bald einmal darüber sprechen, ob und, wenn ja, welches Foto wir fürs Cover nehmen können oder ob wir noch eine andere Session machen wollen.«
Marie schluckte, lauschte in Richtung Küche, aus der, Gott sei Dank, wieder leises Gemurmel drang. »Freut mich«, sagte sie, »ich ruf morgen früh mal an, okay?«
»Wirklich, okay?« fragte er. »Großes Indianerinnenehrenwort.«
Sie legte auf; das Gespräch der anderen hatte wieder normale Lautstärke, als sie die Küche betrat. Bildete sie es sich ein, oder ruhten sechs Augen vorwurfsvoll auf ihr?
»Jetzt brauch ich 'ne Zigarette«, sagte sie. »Ich hab den Anrufbeantworter angestellt, damit wir nicht mehr gestört werden.«
»Businеß geht vor«, sagte Christoph kurz, »ich nehme an, es war Busineß?«

»Ich höre, du hast Tony Cazzone, meinen Teenagerschwarm, vor die Linse gekriegt«, schaltete sich Carmen ein, die einem drohenden Ehekrieg zuvorkommen wollte. Als Ehefrau hatte sie eine untrügliche Antenne dafür. »Hat er dich auch angemacht? Ich hab ein Interview mit ihm gelesen, in dem stand, daß er es mit einer ganzen Sambatruppe getrieben hat.«

Schweigen. Eine klebrige Minute lang.

»Glaubst du alles, was in den Zeitungen steht?« fragte Marie, aber sie merkte selbst, wie schwach es klang. »Was gibt's zum Nachtisch, Liebling?«

»Etwas Passendes«, sagte Christoph. »Äpfel im Schlafrock. Oder hättest du lieber Tiramisu?«

★ Lieber 'n wackliger Kneipentisch
als 'ne feste Beziehung. ★

Jenna

Mir wurde klar, daß Heinrich sauer auf mich war, als er in mein Büro rauschte und sich auf meinen Schreibtisch setzte. Ich haßte das, denn an meinem Arbeitsplatz herrschte ein nur für mich geordnetes Chaos, das von anderen, wenn sie die Zettelhaufen, die Bücherberge, die Manuskriptstapel auch nur anschauten, unweigerlich durcheinandergebracht wurde.

»Du bist eine Schlampe«, sagte er dann auch wie erwartet und kam gleich zur Sache. »Die Tony-Geschichte gefällt mir ganz gut, kein Glanzstück, aber es reicht.«

Er pausierte, wartete auf eine Reaktion. Ich tat ihm den Gefallen nicht, sondern schaute ihn unverwandt an, was wiederum ihn nervös machte. Seit ich Kontaktlinsen trug, hatte ich mir das Blinzeln abgewöhnen müssen, notgedrungen, denn in ein blinzelndes Auge paßt keine Linse; jetzt setzte ich diese Fertigkeit hauptsächlich ein, um Chefs und unverschämte Lover zu verunsichern.

»Freut mich, daß dir die Story gefallen hat, Heini«, meinte ich gelassen, und ich wußte, wie sehr er diese Anrede haßte, »was kann ich sonst für dich tun?«

Er räusperte sich. »Ich weiß, daß du an der Babystory sitzt, aber der Chef will bis vorgestern eine Kolumne über die schlimmsten Bemerkungen, die Mann und Frau

im Bett einander an den Kopf werfen. Ich hab gleich an dich gedacht.«
Das war wirklich frech, aber da ich ausgeschlafen war und vor Bürobeginn sogar gejoggt hatte, blieb mein Nervenkostüm stabil.
»Kein Problem für mich«, sagte ich fröhlich. »Wie viele Stunden hab ich Zeit?«
»Zwei«, antwortete er. »Schreib einfach aus dem wirklichen Leben.«
Also saß ich vor meinem Bildschirm, und zu meinem Erschrecken taumelten die Beleidigungen nur so in die Tasten. Was war los mit mir, war mein Sexleben wirklich so schlimm?

1. Dein Vorspiel ist wie der Versuch, mit einem Boxerhandschuh zu masturbieren.
2. Du bewegst dich nicht genug, du liegst da wie ein Fisch.
3. Du bist so trocken wie Sandpapier, liegt das an mir?
4. Du küßt so feucht wie ein Cockerspaniel.
5. Deine Oberschenkel erinnern mich an eine Flußlandschaft.
6. Dein Hintern ist so weich, du solltest dich im Fitneßclub anmelden.
7. In der Zeit, bis du zum Orgasmus kommst, kann ich meine Steuererklärung ausfüllen.

Ich mußte aufhören. War das mein wirkliches Leben? Unwillkürlich fiel mein Blick auf das Familienfoto von Marie und Co., das auf meinem Schreibtisch stand. Die stolzen Eltern, ihre grinsende Brut, ausnahmsweise frisch gewaschen und gescheitelt. Sie sahen unnatürlich brav aus, wie auf einem Foto von Karstadt. Und wieder schnürte mir etwas kurz die Seele ab, das ich mir nicht erklären konnte. Wollte ich auch so eine Karstadtidylle? Reichte es nicht, Tante von drei unerzogenen Wesen zu sein, machte mich der Luxus nicht mehr glücklich, nach dem Trubel bei meiner Schwester genüßlich in mein eigenes Schaumbad zu steigen, weit weg von Pipi und Kacka und schmierigen Patschhänden? Ich strich über meinen Bauch, der einigermaßen flach war und dachte: In deinem Alter würdest du die Schwangerschaftsstreifen nie wieder los.

8. Nackt siehst du wie meine Mutter aus.
9. Ist er schon drin? Okay, entschuldige.
10. Weck mich auf, wenn du fertig bist.
10a. Er: Ich will dich nehmen, dich verschlingen, dich an den Abgrund der Lust treiben.
Sie: Okay, wenn du mich dabei nicht aufweckst.
11. Da dein Orgasmus besser war als meiner, kannst du den Kaffee kochen.

Ich gähnte. Die Kolumne wurde mir langweilig, Ich würde wieder ein Pseudonym verwenden müssen, damit ich nicht so viele böse Leserbriefe von männlichen Lesern bekam. Welches war am passendsten? Mit Dr. Daphne Welsand unterschrieb ich meine pseudowissenschaftlichen Ergüsse für die *Metropolitan*, die mit VGT, vorgetäuschtem Tiefgang. Nein, dann eher Veronika Sexauer, das gefiel mir, anspielend und subtil zugleich. Ich tippte auf »Ausdrucken« und schaute auf meine Zu-erledigen-Liste. »Polizei« stand da gleich als erstes. Mein Fiat! Der Gedanke an gestern abend ließ meinen Blutzuckerspiegel in gefährliche Höhen schnellen. Dieser Scheißkerl! Lachte sich wahrscheinlich schlapp über mich: »Hab gestern 'ner Alten die Birne mit meinem Autofenster abgeklemmt, breit wie 'ne Flunder war die, wollte aber die Polizei rufen, weil ich angeblich ihren kostbaren Fiat angeschrammt hatte.«

Ich kannte einen Polizisten vom Berliner-Tor-Revier, mit dem ich mal drei lauwarme Nächte verbracht hatte (Thema der Reportage war »Deutsche Polizisten — Retter oder Rambo?«), und der bei Bedarf seinen Computer für mich anzapfte.

»Dieter Smuda, bitte«, sagte ich und drückte schnell ein bißchen weiblichen Charme in meine Stimme, von der ich wußte, daß sie bei Anspannung auch schrill klingen konnte. »Hi, Dieter«, flötete ich dann, »wie geht's? Habt ihr endlich den Drogendealer oder ist er nach Mallorca abgehauen?«

»Jenna, dein Vollblutorgan so früh am Morgen, was liegt an?« fragte er, und ich wußte, daß ich nicht herumbalzen mußte, sondern gleich zur Sache kommen konnte. Dieter Smuda war einer der wenigen Männer, bei denen ich ganz ich selbst sein konnte.

»Dieter, mir ist gestern ein Arsch hinten reingefahren ...«

»Moment, *mien Seuten*, dein Sexualleben interessiert mich nur, soweit es mich betrifft«, unterbrach er mich.

»Dieter, mit dem Auto meine ich natürlich.«

»O Gott, jetzt wird's kinky«, lachte er und sagte dann: »Ich verstehe dich schon. Hast du dir sein Kennzeichen gemerkt?«

Ich sagte ihm: »HH-HL-4, weiter weiß ich nicht.«

»Wird schwer sein, ihm was nachzuweisen, ohne Zeugen«, warnte er. »Warum bist du so scharf auf ihn? Hat er dir gefallen, lernst du in deiner vertrockneten Redaktion keine ordentlichen Kerle mehr kennen?«
»Dieter«, seufzte ich, »ich hab keine Ahnung mehr, wie er aussah, aber ich hab ein Hühnchen mit ihm zu rupfen, deshalb brauche ich seine Adresse. Tust du mir den Gefallen?«
Ich küßte dreimal ins Telefon und legte auf. Fünf Minuten später war er wieder dran.
»Er heißt Michael König, ist 24 Jahre alt und wohnt in der Methfesselstraße 53. Hast du heute abend Zeit?«
»Für Bullen immer«, sagte ich.

Marie

Ich hatte Christoph nichts vom Rosa-Schleifen-Träger erzählt, weil ich die Sache selbst erst noch verdauen mußte. Meine Mutter und ein Lover; ich weigerte mich einfach, mir das konkreter vorzustellen. Wahrscheinlich erlebte sie heißeren Sex als ich, mit Sicherheit heißer als mit meinem Vater, Göttin hab ihn selig und laß es ihn nie erfahren. Diese Schamlosigkeit, sie holte Brötchen, und er wickelte sich derweil eine Schleife um seinen Feuerlöscher! Mein Abgang war ungeschickt und eisig gewesen. »Ich geh dann wohl«, hatte ich gemurmelt und aus den Augenwinkeln feststellen müssen, daß das, was die Schleife hielt, kümmerlich in sich zusammengeknickt war. »Du hast offensichtlich Besuch.«

Im Auto sackte mir dreimal der Motor weg, bevor ich spuckend aus der Parklücke fuhr. Mein Herz klopfte wie ein Preßlufthammer. War denn die ganze Welt verrückt geworden? Ich tändelte mit Deutschlands Schnulzenopi Nummer eins herum, meine Mutter trieb's je öller je döller, nur Jenna frustete männermäßig wie gewohnt. So erfolgreich sie im Beruf auch war, privat galt die Devise: »Der Griff daneben – die Liebesgeschichten der Jenna W.« Was hatten schon für Knorpelfiguren auf meinem Ikeasofa gesessen! Der Gedanke, daß sie mit allen geschlafen hatte, trieb mich jedesmal mit erwachtem Leidenschäftchen (Verkleinerungsform) in die Arme meines Gatten. Da war der Alkoholiker mit dem originellen Namen Krizo, der tagsüber als Abteilungsleiter bei einer Autoversicherung arbeitete; der Barkeeper mit dem dünnen Pferdeschwanz; der Geschiedene mit vier schulpflichtigen Kindern. Die Elendsliste war lang, und auch meine schwesterlich-bemühten Kuppelversuche waren katastrophal verlaufen. Wie sollte ich auch ahnen, daß mein netter, lediger Nachbar deshalb im besten Mannesalter von 33 Jahren noch unverheiratet war, weil er im Kleiderschrank eine diskrete Sammlung von neunschwänzigen Peitschen und Gürteln aufbewahrte, die er als kleine, geile Überraschung auf sein ahnungsloses Opfer herunterschnellen ließ. Jenna hatte mir am Morgen nach dem Verkupplungsdinner ihre blauen Flecken an Oberschenkeln und Armen gezeigt und drei Wochen lang nicht mehr mit mir geredet. Danach ließ ich sie in Ruhe. Obwohl ich mir weiterhin Gedanken machte. Meine Mutter war mit Mitte Vierzig in die Wechseljahre gekommen, ein bißchen Tempo war deshalb angesagt, wenn Jenna, wie sie in letzter Zeit immer wieder sagte, noch ein Brötchen in ihre Röhre schieben lassen wollte.

Christophs Auto stand vor der Tür, er war also früh zurück von seiner Besprechung mit der *Hamburger Morgenpost*. Ich holte tief Luft und wappnete mich. Die Stimmung zwischen uns war in den letzten Wochen knüppeldick, und die Tatsache, daß ich doch wieder schwach geworden war und weiterhin für Tony Cazzone arbeitete, hatte ihn vorübergehend ins Gästezimmer vertrieben. Sein vorgeschobener Grund war zwar, daß ihn mein Schnarchen störte, aber das war eine glatte Unverschämtheit, denn wenn ich überhaupt schnarchte, dann leise und melodisch, und nicht so, daß ich meinen Partner damit aufweckte. Wir waren auf dem Gefrierpunkt.

Ich schloß die Tür auf, wohltuende Ruhe begrüßte mich, denn die Kinder waren in Kindergarten und Schule, Christoph kritzelte wahrscheinlich an einem fetten Politiker herum.

»Hallihallo«, rief ich in die Wohnung, »ist jemand zu Hause?«

Als ich in die Küche trat, um den Teekessel aufzusetzen, hörte ich nebenan leises Giggeln. Intim klang es und sehr vertraut, und ich wußte nicht, was mich plötzlich daran störte, daß ich in den beiden fröhlichen Stimmen die meines Mannes und meiner Schwester erkannte. Was machte sie hier so früh am Vormittag?

»Jenna, bist du es?« rief ich, während ich Christophs Arbeitszimmer betrat.

Der Anblick war unschuldig genug — warum fühlte ich plötzlich die siedendheiße Stichflamme der Eifersucht?

Christoph saß auf seinem Drehstuhl und zeichnete, Jenna stand neben ihm, über das Blatt gebeugt, und zeigte mit dem Finger auf etwas. »Das Gesicht ist gut getroffen«, sagte sie gerade, »nur die Zähne sind zu gerade. Ist dir noch nie aufgefallen, was Genscher für ein Hasengebiß hat?«

Ich räusperte mich. Beide blickten hoch, und beide hatten verdächtig rote Ohrläppchen, mein persönliches Indiz für unerlaubte Gefühle. Spinnst du, rief ich mich innerlich zur Ordnung, die Frau ist deine Schwester, Menschenskind. Der Mann ist deiner, noch Menschenskinder.

»Ich denke, du wolltest mit Mutti frühstücken«, sagte Jenna, und ich brannte so darauf, ihr alles zu erzählen, daß ich ein-, zwei-, dreimal tief Luft holen mußte, weil ich Christoph nicht in das sündige Treiben unserer Erzeugerin einweihen wollte.

»Sie schlief noch«, antwortete ich deshalb lahm.

»Um halb elf?« rief meine Schwester ungläubig. »Ist sie krank?«

Ich schwieg. Wenn Christoph Wind davon bekam, daß ich ihm etwas vorenthalten wollte, konnte er zum Terrier werden.

Ich machte auf lässig. »Warum soll Mutti nicht mal ausschlafen dürfen? Sie hat schließlich nichts mehr auf dem Zettel, was sie morgens machen muß.« Wenn ihr beide wüßtet, dachte ich.

Christoph schaute mich sehr aufmerksam an. »Hatte sie vielleicht Besuch?« fragte er, und ich sah an dem Funkeln in seinen Augen, daß er etwas wußte.

»Wie kommst du da drauf?« fragte ich zurück, aber er tat ganz unschuldig, zuckte mit den Schultern: »Nur so.«

»Was ist mit Mutti los?« fragte Jenna, die als professionelle Schnüffelnase sofort ihren Riecher ausfuhr. »Was Ernstes?«

»Ich hoffe nicht«, sagten Christoph und ich unisono und fingen an zu lachen.

Und dann platzte die übervolle Blase meines Mitteilungsdranges, und ich legte los: »Mutti hat einen jungen Kerl«, entfuhr es mir, und ich weidete mich an den kuhrunden Augen meiner älteren Schwester. Endlich hatte ich auch mal einen Wissensvorsprung, war ich die besser Informierte.

»Wie alt, wie sieht er aus, was macht er?« prasselten die Profifragen. Der Teekessel pfiff.

»Bin gleich wieder da«, flötete ich und verschwand in der Küche.

»Die Neugier platzt mir unterm Mieder«, sagte Jenna einen Moment später dicht hinter mir, »spuck's aus.«

Ich drehte mich um, und ehe ich mich bremsen konnte, rutschte mir die Frage raus:

»Wenn Christoph nicht dein Schwager wäre, würde er dich dann als Mann reizen?«

»Ja«, antwortete meine Schwester genauso unzensiert, und ich merkte, daß sie sich am liebsten die Zunge dafür abgeschnitten hätte. Ich sagte gar nichts, aus meinem Stimmungsballon war die Luft raus.

»Schlimm?« fragte Jenna nervös, und ich antwortete cool:

»Dann kann ich dich ja nicht mehr mit ihm allein lassen.«

»Ich will 'ne Tasse Tee und den neuesten Klatsch«, rief Christoph, und ich holte tief Luft und rief:

»Mit Zucker oder Honig?«

»Süßstoff«, sagte er.

Jenna trat auf mich zu, wollte mich in den Arm nehmen und fragte halblaut:

»Hab ich was Schreckliches gesagt?«

Ich schüttelte sie ab und zischte: »Paß auf, ich kipp den Tee um.«

Jenna

Die Methfessel- war eine Kleinbürgerstraße in Eimsbüttel, wo es in den Treppenhäusern nach kaltem Kohl und ungelüfteten Betten roch, selbst wenn diese Treppenhäuser, wie im Falle der Nummer 53, weiß gestrichen und frisch gefliest waren. Ich weiß nicht, welcher Teufel mich ritt, aber nach Feierabend hatte ich einen Umweg gemacht und war an der Wohnung des Unsäglichen vorbeigefahren. Michael König heißt er, kein besonders origineller Name; dritter Stock links, Jalousien, keine Vorhänge, das gefiel mir. Wenigstens kein Spießer. Was wollte ich hier? Ihm einen Überraschungsbesuch abstatten und dabei seine Wohnung demolieren? Herausfinden, wo er seinen Wagen parkte und dann mit meinem Schlüssel einmal herumritzen? Sehr viel wirksamer als Reifenaufstechen, was ich in grauer Vorzeit mal recherchiert hatte, als ich einem Scheißkerl übelwollte. Ich in Hockposition, alle spitzen Instrumente bereits abgebrochen, Nagelfeile, Kugelschreiber, Streichhölzer, als ich plötzlich über mir die Stimme des Autobesitzers hörte. »Na, Jenna«, sagte sie zuckersüß, »was machst du hier,

pinkelst du mir gegen die Reifen, bloß weil ich einmal mit deiner Sekretärin?« Selten hatte ich mich so gedemütigt gefühlt, seitdem sind meine Rachegelüste subtiler. Und die Erfahrung, daß Lackschrammen viel teurer sind als kaputte Reifen, kam meiner neuen Vorsicht zugute.
Während ich überlegte, sah ich ein junges Mädchen aus der Haustür treten, das ich haßte, bevor sie auch nur einen Schritt näherkam. Überschlanke mindestens 1,80 m, mehr Haare, als einer Frau zustanden, mindestens fünfmal soviel wie ich, die ich ungefönt wie Elke Heidenreich aussehe, Babyhaut. Sie sah wie höchstens 18 Jahre aus, und ich war froh, daß ich sie nicht als Volontärin unter meine reifen Flügel nehmen mußte. Sie stieg in einen alten, verschrammten Mercedes, der mir bekannt vorkam. Die Schweinefreundin! Ein nettes Pärchen! Sie stieg ein, setzte schwungvoll zurück, hupte, zeigte einem Radfahrer den Finger, weg war sie.
Zu Hause blinkte mein Anrufbeantworter, ansonsten war die Wohnung leblos. Ich stellte sofort den Fernseher an, weil mich diese Stille nervte. Da Stella erst morgen kam, war alles noch so, wie ich es am Morgen hektisch verlassen hatte. Das ungemachte Bett, der bis auf ein Schimmelyoghurt leere Kühlschrank, der vertrocknete Basilikumtopf auf dem Fensterbrett.
Ich hörte mein Band ab.
»Jenna, hier ist Marie. Ich hab einen Riesentopf Chili aus der Gefriertruhe geholt. Komm doch vorbei.«
»Jenna, hier ist Dieter, der geile Bulle. Ich kann heute nicht, das Verbrechen ruft. Soll ich später noch bei dir vorbeikommen und dir die Füße wärmen?«
»Bin ich drauf? Hallo, ich hasse diese Dinger. Also, hier ist

Tinka, eine Uta Kaiser hat sich gemeldet. Sie läßt dir bestellen, daß sie einen Samenspender für dich hat. Du sollst sie morgen mal anrufen.«
Wunderbar, die Story wurde langsam rund. Es war schwierig gewesen, einen Studenten zu bewegen, über seine lukrative Nebentätigkeit zu plaudern, die meisten bestanden auf Anonymität, keine Fotos, einer sogar auf einem Honorar von mindestens 5000 Mark. »Das sind 20 Schüsse, soviel sollte Ihnen die Story wert sein.« Ich fand so was widerlich und hatte abgesagt. Außerdem bezahlen wir nur sehr Prominente oder Kriminelle; das journalistisch mittelmäßig Interessante, und dazu gehörten auch Samenspender, ging finanziell meist leer aus.
Ich war sehr gespannt auf den Herrn. Wie wohl jemand aussah, der für Geld in ein Reagenzglas wichst? Ich schüttelte mich. Ob er abgemagert war, ausgezehrt? Ob so einer privat überhaupt noch einen hochkriegte? Oder war er *oversexed* und wußte nicht wohin mit seinem Zeug?
Da mein Literaturgeschmack weit unter meinem Ausbildungsniveau liegt und ich allein war, kuschelte ich mich in mein Bett und griff zu meinem derzeitigen Schmöker. Das Buch hieß *Träume deiner Zärtlichkeit* und war eine sozialkritische Abhandlung über die Reichen in San Francisco. Ich konnte auch nichts dafür, daß der Umschlag gold war mit einer glitzernden Rose drauf.

Michael

Sie war aus der Wohnung gerannt, und nach der ersten Wut war ich fast erleichtert. Ich öffnete die Fenster, atmete tief durch und legte meinen Lieblingssänger auf. Willie de Ville mit *»Cadillac«*. Laut. Was war nur los mit uns? Ich hatte seit zwei Wochen keinen Einsatz bei Dr. Ahrends mehr, weil es Osterzeit war und meine Kundinnen in Urlaub, aber auch das hatte uns einander nicht nähergebracht. Ich hatte das Gefühl, daß Inken manchmal die Art, wie ich atmete oder mein Brot mit einer Käsescheibe belegte, zur Weißglut bringen konnte.

»Mußt du beim Ausatmen so hecheln?« fragte sie dann, und wenn ich zurückfragte, ob sie ihre Tage hätte, zischte sie mich an: »Das würde dir gerade noch fehlen, was, eine Frau schwängern zum Nulltarif.«

Ich konnte sie nur anschauen und versuchen, mich zu erinnern, was mich damals so an ihr fasziniert hatte. War es ihre unkomplizierte Fröhlichkeit, ihre intelligente Sinnlichkeit? Und wenn ja, wo waren sie geblieben? War es nur meine Nebentätigkeit, die sie so in Rage brachte, oder noch etwas anderes? Ich war ein Mann, also haßte ich Beziehungsgespräche, trotzdem raffte ich mich im Zweiwochenrhythmus zu der Frage auf: »Was ist los mit dir?« — »Mit mir«, rief sie dann, »mit mir ist alles bestens.«

Manchmal waren mir Frauen ein absolutes Rätsel. Ein manchmal graues, fast immer unverständliches Kapitel. Beispiel: Wir fahren irgendwohin, wo wir noch nicht waren. Nur mühsam kann ich Inken davon abhalten, an jeder Ampel die Beifahrerscheibe herunterzukurbeln und nach dem Weg zu fragen. Wenn ich sage: »Schau mal schnell auf dem Stadtplan nach«, dann höre ich gestreßtes Geraschel, aber keine konkreten Straßenangaben. Ich kenne keine einzige Frau mit einem guten Orientierungssinn. Oder wir spielen Mühle/Schach/Tischtennis. Ich weiß, daß es nur ein Spiel ist, trotzdem will ich gewinnen, das ist schließlich Sinn der Sache. Und wenn ich gerade dabei bin: »Ich hab keine Lust mehr, du bist mir zu verbissen«, kreischt sie und schmeißt Spielsteine oder Schläger auf den Tisch. Weiber! Oder waren nur die Zwanzigjährigen so? Vielleicht sollte ich es mal mit einer Älteren probieren, mit einer, die ein bißchen Kohle hatte und mir sexuell noch was beibringen konnte.

Das Telefon klingelte. Sicher Inken, die jetzt in einer Zelle stand und sich entschuldigen wollte. Ohne mich. Keine Versöhnung. Erst wollte ich noch ein bißchen Gebettel hören.

»Na, bist du wieder zur Vernunft gekommen?« brummte ich in den Hörer.

»Im Gegenteil, hier spricht Fräulein Unvernunft«, tönte es fröhlich zurück. »Bist du es, Spermie? Du klingst so schlechtgelaunt?«

Auch das noch, Uta Kaiser; hoffentlich mußte ich nicht sofort ran. Mir war im Augenblick wirklich nicht nach Erguß zumute, er hing entschieden auf Halbmast.

»Sorry, ich hab dich verwechselt«, sagte ich entschuldigend. »Was kann ich für dich tun?«

»Wir brauchen dich sofort«, sagte sie, »wir haben einen unerwarteten Eisprung hier. Nur du kannst helfen. Kannst du gleich kommen?«

»Wie sieht sie aus?« rutschte es aus mir heraus. »Wie sieht wer aus?« fragte Uta zurück, ungeduldig.

»Die Frau, die mein Sperma braucht, die Mutter meines ungeborenen Kindes?«
Schweigen. »Micky«, sagte Uta ganz vorsichtig, »du kennst doch die Regeln. Absolute Schweigepflicht.«
»Ich weiß«, flüsterte ich, »ich möchte es nur so schrecklich gern ein einziges Mal wissen.«
»Vielleicht ist dies nicht mehr das richtige für dich«, meinte Uta, »bist du sicher, daß du weitermachen willst?«
Ich schluckte, dann sagte ich: »Vergiß es, ich bin auf dem Weg.«
»Beeil dich«, sagte sie, »das Ei wartet nicht.«
Als ich aus der Tür trat, sah ich eine Frau in einen Fiat steigen, die mir seltsam bekannt vorkam. Sollte dies ... dann verscheuchte ich den Gedanken. Sicher ein Zufall.

Anneliese und Jo

»Bist du schon wach?« flüsterte er.
»Jetzt ja«, flüsterte sie zurück. »Wie spät ist es denn?«
»Halb neun, wir haben noch Zeit, mein Unterricht fängt erst um elf an«, sagte er und küßte sie.
Als das Telefon klingelte, griff sie nur zögernd danach.
»Wissbach.«
»Mutti, was höre ich denn da«, schrillte die laute Stimme ihrer Ältesten in ihr halbwaches Ohr, »oder störe ich?«
Anneliese seufzte. Sie liebte ihre beiden Töchter abgöttisch und gleich stark, aber in den letzten Monaten wäre sie gern kinderlos gewesen. Zu verwirrend war ihre Ge-

fühlslage, zu neu diese unerwartete Beziehung, als daß sie Lust gehabt hätte, darüber Rechenschaft abzulegen. Nach der ersten Nacht war sie zwar leicht verliebt gewesen, aber davon ausgegangen, daß es sich um eine ein-, vielleicht zweimalige Verirrung handeln würde. Sie hatte ein freundliches »Es-war-schön,-ich-melde-mich« erwartet, ein »Das-war's-dann.« Doch die Wochen waren vergangen, und dieser junge Mensch, wie sie ihn immer noch selbstschützend-spöttisch nannte, hatte eine Lust und eine Kraft in ihr wiedererweckt, die sie süchtig machte. Letzte Nacht hatte sie drei Orgasmen gehabt, so viele wie zu ehelichen Zeiten in drei Jahren, wenn überhaupt. Wie sollte sie das der tüchtigen Jenna mit ihrer Reporterneugier klarmachen, die, wie sie selbst sagte, noch nie in ihrem Leben besinnungslos verliebt gewesen war?

»Ich schlafe noch«, wehrte Anneliese deshalb ab.

»Allein?« hakte Jenna sofort nach.

»Meine Liebe«, sagte Anneliese energisch, »ich weiß, daß dir die Neugier unterm Mieder brennt, aber vor dem Frühstück bin ich zu keiner Auskunft bereit. Willst du mit Brötchen vorbeikommen?«

»Geht nicht, hab einen Termin mit einem Samenspender«, meinte Jenna lässig.

Anneliese wurde schlagartig unangenehm wach. »Kind, Kind, Kind«, rief sie mit Mutterstimme. »Mach bloß nichts Unüberlegtes. Du hast doch noch ein paar Jahre, vielleicht triffst du noch deinen Prinzen.«

Jenna lachte schallend. »Muttilein, halt die Luft an. Der Termin ist rein beruflich, ich mach eine Story über unfruchtbare Ehepaare.«

Ein tiefes Seufzen bebte in der Leitung. »Jennakind, Gott sei Dank, ich möchte kein Reagenzglas als Schwiegersohn. Versprich mir das.«

»Großes Indianerinnenehrenwort«, sagte Jenna.

»Wer war das?« fragte Jo aus der Dusche.

»Meine Tochter trifft sich mit einem Samenspender!« rief Anneliese ins Badezimmer. »Sie sagt, es sei rein beruflich.«

»Vielleicht wäre das auch etwas für mich«, klang es dumpf hinter dem Duschvorhang hervor. »Falls ich als Lehrer keine feste Anstellung kriege.«

Anneliese riß den Vorhang zur Seite. »Untersteh dich«, sagte sie, »dein Sperma gehört mir.« Dann kletterte sie zu ihm unter den heißen Massagestrahl und dachte beglückt: Wenn dich jetzt die Doppelkopfschwestern sehen könnten.

Michael

Ich hatte mir mühsam zu der Erinnerung an *9½ Wochen* etwas abgequetscht, ein dünnes Pfützchen, das ich abgefüllt und mit einem kalten, nassen Waschlappen umlegt in meiner äußeren Jeanstasche transportierte. Sperma darf nicht zu warm werden, sonst schwimmen die kleinen Kerle nicht richtig, die ganze Plackerei wäre umsonst gewesen, und für heiße Luft gab's heiße Luft, mein Risiko. Mein gottähnliches Gefühl als Erzeuger der Menschheit, zumindest eines nicht unerheblichen Teils in Norddeutschland, war an diesem Tag einem Handkrampf gewichen, einer hartnäckigen Scham und dann rumpelstilzhafte Erleichterung — ach, wie gut, daß fast niemand weiß, daß ich mein Sperma für Bares abgebe. Warum machte ich weiter? Es war leichtverdientes Geld, ohne Frage. Sah ich mich als anonymen Retter der Unfruchtbaren und Gedemütigten?

Beim Betreten der Praxis war ich so in Gedanken versunken, daß ich die Frau erst bemerkte, als ich ihr den Ellbogen voll in den Bauch gerammt hatte. »Passen Sie doch auf, Sie Idiot!« fauchte sie, und während ich meine Hand schützend über meine Jeanstasche legte, dachte ich, die Stimme kommt dir bekannt vor.

»Tschuldigung«, sagte ich und schaute sie mir genauer an. Mittelgroß, schlank, blonde Locken, ziemlich breite Nase — der Schreck durchfuhr mich wie ein Tauchsieder! Die Frau aus dem Fiat! Die Frau, die ich in meinem Autofenster eingeklemmt hatte! Eine Patientin von Dr. Ahrends! Eine, die ich womöglich schon bedient hatte. Sie schaute mich zögernd an, und obwohl mein Streßbarometer kurz vorm Kochen stand, sah ich, daß sie ein braunes und ein grünes Auge hatte. Kein schönes Gesicht, aber ein interessantes.

»Tut mir leid«, wiederholte ich.

»Sie kommen mir bekannt vor. Haben wir uns schon mal gesehen?« fragte sie und schaute noch prüfender.

»Nicht daß ich wüßte«, sagte ich, und da sie mir nachschaute, ging ich schnell ins Wartezimmer, damit sie nicht auf dumme, wenn auch zutreffende Gedanken kam.

Dreißig Frauenaugen guckten von ihren Lesemappen hoch. Für einen unfruchtbaren Ehemann war ich entschieden zu jung, was also wollte ich hier?

»Falsche Tür«, murmelte ich.

Als ich vor Uta stand, waren meine Achselhöhlen triefnaß, und das Reagenzglas in der Hosentasche brannte wie neonerleuchtet.

»Endlich bist du da«, fuhr sie mich ungeduldig an und schob den Waschlappen zur Seite. »Das ist alles?«

Dieser Tag war zu viel für mich. »Mehr kann ich auf die Schnelle nicht«, barschte ich zurück. »Ich bin schließlich kein Zuchtbulle.«

»Vielleicht reicht es ja«, meinte sie versöhnlicher und verschwand. Als sie wiederkam, nickte sie und schrieb einen Scheck aus. 250 Mark. Schwerverdientes Geld.

»Sag mal, Uta, nur ein Frage ...«

»Fang nicht schon wieder damit an«, unterbrach sie mich sofort, »du weißt genau, daß ich dir über unsere Patientinnen keine Auskunft geben darf.«

»Du brauchst nur mit Ja oder Nein zu antworten. Also. Mir ist beim Reinkommen eine Frau begegnet, mittelgroß, schlank, Boxernase ...«

»Jenna Wissbach«, unterbrach sie mich.

»Du gibst mir ihren Namen?« fragte ich verwundert.

»Kann ich in diesem Fall, weil sie keine Patientin ist, sondern Reporterin. Sie schreibt eine Geschichte über unfruchtbare Ehepaare und schnüffelt hier ein bißchen herum. Übrigens — ich hab ihr deine Telefonnummer gegeben.«

»Meine Nummer, bist du wahnsinnig?« rief ich. »Wieso das denn?«

»Hey, schrei mich nicht so an«, wies sie mich zurecht, »sie will einen Spender interviewen, und du bist der intelligenteste. Ohne Namen und Foto, das hat sie mir versprochen.«

Als ich wieder ins Auto stieg und nach Hause fuhr, wo Inken mit dicker Schmollippe auf mich warten würde, ging ich alle Selbstmordarten durch und kam zu der Ansicht, daß ein Stein um den Hals und in die Elbe springen meinem augenblicklichen Leben entschieden vorzuziehen war.

Tony

»Was mit dir los ist, möchte ich wissen«, wiederholte Rüdiger Schneider.

Ihm stank es, daß sein Klient schon seit Tagen nicht ansprechbar war. Wenn Tony so trauerumflort und schlechtgelaunt vor sich hinbrütete, konnte es sich nur um eine Frau handeln, denn nach wie vor war der Meister eine wandelnde Geschlechtsdrüse, dem selbst gravierende Karriereknicks, Platten, die wie Blei in den Regalen lagen, und leere Konzertsäle letztlich nicht so viel ausmachten, wie eine einzige Frau, die nicht so wollte wie er und deren Libido mit seiner beträchtlichen nichts anzufangen wußte.

»Hängst du immer noch dieser dicktittigen Fotografin hinterher?« fragte der Manager bewußt rüde, weil er den dumpfäugigen Zellhaufen vor ihm ein bißchen in Wallung bringen wollte. »Schmink dir doch bitte diese Mutter ab, verheiratet, drei Gören, wozu bereitest du dir denn darüber Kopfzerbrechen? Du hast nach langen Hungerjahren endlich ein Comeback geschafft, du brauchst deine Kraft jetzt für die Karriere. Oder willst du wieder als Pizzabäcker anfangen?«

Aber Tony schaute blicklos auf sein Rührei. Er kam gerade vom Telefon, wo er eine kurze, aber prägnante Konversation mit der sechsjährigen Stephanie gehabt hatte.
»Was willst du denn von meiner Mami?« hatte sie ihn gefragt.
Berechtigte Frage. Was hätte er ehrlicherweise antworten können? Ein bißchen Sex? Ein paar kleine Nümmerchen, wenn sie einen Babysitter hat oder wenn dein Daddy freundlicherweise zu Hause bleibt? Ich weiß es selber nicht? Eine Scheidung?
Da jede Variante schwachsinnig und gefährlich war, hatte er etwas von »geschäftlich« gemurmelt und Sekunden später sie etwas atemlos an der Strippe gehabt.
»Wissbach, hallo.«
Lächerlich, aber die Stimme machte ihn vorübergehend sprachlos. Er räusperte sich: »Hier ist Tony, störe ich?«
Sie räusperte sich auch. »Nicht mehr als sonst«, sagte sie, und es kam uncharmanter raus als beabsichtigt, denn Stephanies Kinderaugen ruhten forschend auf ihr, und Daniel rief: »Will auch Hallo sagen.«
Verdammt, dachte Tony, man lebt nur einmal. »Ich würde Sie gern wiedersehen«, sagte er einfach. Er zählte die Sekunden des Schweigens, damit er ruhig blieb.
Bei 29 antwortete sie: »Okay, wann und wo?«
Auf diesen schnellen Sieg war er nicht vorbereitet. Verschwiegen sollte der Ort sein, aber gute Küche und möglichst mit Übernachtungsmöglichkeit. »Ich kenne ein gutes Restaurant — das Wort Hotel vermied er bewußt — in der Lüneburger Heide«, schlug er vorsichtig vor.
»Einverstanden«, hatte sie gesagt. Mühsam holte er sich in die Wirklichkeit zurück. Vor ihm saß die schlechte Ent-

schuldigung für einen Mann, Rüdiger S., sein ihm treu ergebener, wenn auch nicht besonders schlauer Manager. Im Sitzen sah er aus wie ein Wäschesack, dessen Annahme die Reinigung verweigert hatte. Seine Zähne waren kräftig und gesund; daß sie die Farbe einer vollgepinkelten Unterhose hatten, dafür konnte er nichts. Trotzdem: Tony, der Mitte Fünfzig noch immer halbwegs straff und jugendlich aussah, wünschte sich oft, sein Manager hätte eine etwas appetitlichere Aura.

»Laß mich in Ruhe, Rüdi«, schroffte er ihn deshalb an, »ich bin noch nicht ganz wach.«

S., der Wäschesack, schlürfte sein Ei.

»Wundert mich, Boß«, sagte er friedlich, »du hast doch einen völlig ungestörten Nachtschlaf gehabt.«

Jenna

Er hieß Michael König. Ob das ein Pseudonym war? Vor meinem inneren Auge erstand ein mittelgroßer Chemiestudent mit neckischem Bärtchen am fliehenden Kinn, Jeans, Turnschuhe, Lederjacke. *Michael König*, fiel mir plötzlich ein, so hieß doch der Typ, dessen Adresse Dieter Smuda mir gegeben hatte. Ein merkwürdiger Zufall, aber der Name war ja nicht ungewöhnlich. Wo war mein Spiralblock? Seine Eltern waren arm, notierte ich unter »Gedanken zur Person«; Bafög reichte nicht, er hatte schon immer viel onaniert, warum also nicht für Geld? Mädel, warnte ich mich, keine Vorurteile. Du hast schon Mörder interviewt, Hells Angels, Kinderschänder und

Lustgreise, die ihre gleichaltrigen Frauen nach der Goldenen Hochzeit verlassen hatten, um *ihn* mit einer Zwanzigjährigen zumindest noch auf Halbmast hochzupäppeln — da werde ich doch imstande sein, einem Michael König souverän zu begegnen? Was unterschied ihn denn von Blut- oder Knochenmarkspendern? Doch nur die Tatsache, daß es nicht um Leben oder Tod ging, sondern nur um Leben.

Ich wählte die Nummer 49 51 53, zündete mir wie immer vor Telefonkontakten eine Zigarette an.

»Hallo?« Eine Frauenstimme. Da sie das Telefon abgenommen hatte, mußte sie sich dort zu Hause fühlen. Freundin? Schwester? Reinemachefrau?

»Guten Tag«, sagte ich mit Profistimme, »hier ist Jenna Wissbach von *Dolce Vita*. Kann ich bitte mit Herrn König sprechen?«

»Moment mal.« Ich legte mir den Block zurecht, griff zum Kugelschreiber und wartete.

»König.« Eine dunkle Stimme mit einer deutlichen Prise Vorsicht.

Also drückte ich Charme und Wärme auf meine Stimmbänder und sagte: »Guten Tag, Herr König, mein Name ist Jenna Wissbach. Ich habe Ihre Telefonnummer von Uta Kaiser bekommen.«

Nichts. »Sind Sie noch dran?« fragte ich.

»Worum geht es denn?« fragte er, und irgend etwas in seiner Stimme war ungemütlich vertraut. Einbildung, woher sollte ich ihn kennen?

»Ich bin Reporterin für *Dolce Vita* und recherchiere eine Geschichte über das Phänomen Unfruchtbarkeit, gerade bei berufstätigen Frauen. Eines von sechs Ehepaaren

heutzutage kann keine Kinder bekommen, wußten Sie das?«
Dumme Frage dachte ich, aber seine Stimme klang etwas aufgetauter: »Klar wußte ich das, genau das ist doch meine Marktlücke.« Er lachte leise, und ich lachte vorsichtig mit. Ein Samenspender mit Humor, der liebe Gott dachte sich wirklich die erstaunlichsten Varianten aus.
»Genau«, sagte ich, »deshalb würde ich Sie gern interviewen. Wir ändern den Namen, Foto brauchen wir nicht, Sie bleiben also völlig anonym. Normalerweise zahlen wir nicht für Interviews, aber in Ihrem Fall würden wir eine Ausnahme machen. 500 Mark für zwei Stunden?«
Er zögerte. »Kann ich mir die Sache noch mal überlegen?« fragte er dann.
»Aber natürlich, Sie werden hier doch nicht als Kronzeuge vor Gericht zwangsvorgeladen«, lachte ich. »Rufen Sie mich ruhig an. Meine Nummer ist 32 34 21.«
»Das werde ich tun, vielen Dank für Ihren Anruf.« Klick.
Ich drückte meine Kim zu ihren Schwestern im Aschenbecher. Klang nett, der Junge. Hoffentlich meldete er sich.

Michael

Das war knapp. Wie kam ich bloß aus dieser Situation wieder raus? Nie im Leben würde ich mich von ihr interviewen lassen. In ein paar Tagen würde ich sie anrufen bzw. ihren Anrufbeantworter, und ganz höflich wieder absagen.

Jo

»Der Subjonctiv wird bei Ausdrücken des Wollens und Wünschens verwendet«, dozierte Jo und schob diskret seine Jackettärmel hoch, damit er sehen konnte, wie spät es war; noch 10 Minuten. »Wie übersetzt man also: ›Ich möchte, daß du kommst?‹«

Dumpf blickten die Schüler und Schülerinnen hoch, sofern sie nicht aus dem Fenster schauten. Französisch für Anfänger, in diesem Falle meist Hausfrauen und Rentner, so weit war er gesunken. Da er in den siebziger Jahren ausführlich studiert und sein Leben genossen hatte, viele Rucksackreisen, viele Affären, konnte er sich erst 1983, mit 32 Jahren, zum Examen anmelden. Sein Durchschnitt von 3,2 in der Fächerkombination Französisch und Geschichte war damals so gefragt gewesen wie ein Hühnerauge.

Mit Mitte Dreißig hatte er wieder bei seiner Mutter Gerda Steinberger gewohnt, einer resoluten Rentnerin, die nach 40 Ehejahren endlich Witwe und davon keineswegs begeistert war. »In deinem Alter, Junge, schämst du dich denn gar nicht?« hatte sie ihn empört gefragt und dann die Regeln ihres Zusammenlebens aufgestellt: kein Frauenbesuch nach Mitternacht, denn »ich will nicht im Badezimmer neben den Corega Tabs fremde Tamponschachteln sehen«; Rauchverbot, außer auf dem Balkon; Wäsche selber waschen. Trotzdem hatten sie sich gut verstanden.

Nach vier mickrigen Jahren, in denen er sich mit Schwangerschaftsvertretungen und sonstigen Aushilfen über Wasser gehalten hatte, kam endlich das Angebot von der Fremdsprachenschule. Von 13 bis 17 Uhr nachmittags, 40 Mark die Stunde. Vor intellektuell ausgehungerten Hausfrauen und leicht eingerosteten Rentnern tobte er also hier seinen pädagogischen Eros aus.

»Ich möchte, daß du kommst«, wiederholte er, ein Zeigefinger hob sich. Er gehörte Erika Fluhr, 38 Jahre, geschieden und sein hartnäckigster Groupie. Immer saß sie in der ersten Reihe, feuchtäugig, alle Hausarbeiten gemacht, die sie ihm gern nach Schulschluß selbst vorlegte.

»Wie ist dieser Satz zu verstehen?« fragte sie. »Bei den Franzosen weiß man ja nie.«

Jo setzte sein strengstes Gesicht auf. »Frau Fluhr, ich kann Ihnen versichern, daß dieser Satz von mir ganz harmlos gemeint ist, also — *Je...*«

»... veux que tu viens«, sagte sie schnell und stolz.

»Wie buchstabiert man das?« fragte er.

»V-i-e-n-s«, sagte Erika befriedigt.

Er seufzte, weil ihm klar wurde, daß wahrscheinlich keiner seiner 17 Schüler die Anwendung des Subjonctivs kapiert hatte, geschweige denn darüber besonders traurig war.

»Nein«, sagte er, plötzlich müde, »falsch, *vouloir* ist ein Verb des Wollens, es heißt also *v-i-e-n-n-e-s.*«

Die Schulglocke läutete.

»Wir sehen uns in einer Woche, bis dahin verfassen Sie bitte einen kleinen Essay, drei bis vier Schreibmaschinenseiten zum Thema ›Was unterscheidet die Franzosen von den Deutschen‹. Bis dann, und lesen Sie sich bitte noch einmal die Grammatikregeln durch.«

Er steckte seine Unterlagen in die Aktentasche, war

schon auf dem Gang, als ihn Erika Fluhr am Ärmel zupfte.
»Herr Lehrer«, sagte sie in ihrer aufreizenden Art, die sie selbst sexy, er jedoch nur irritierend fand, »ich hab Sie heute mittag zu Fuß in die Schule gehen sehen. Mein Auto steht um die Ecke. Interessiert?«
»Vielen Dank«, sagte er bedauernd, »ich werde abgeholt. Da ist sie schon, entschuldigen Sie.«
Er hatte Anneliese am Fahrradstand erspäht und beim Anblick ihres etwas altmodischen Trenchcoats und der widerspenstigen graublonden Locke, die sie sich ungeduldig zurückstrich, während sie einem Schüler die Luftpumpe hielt, sah der Tag zum erstenmal etwas weniger trübe aus.
Erika hatte seinen Blick bemerkt. »Ich kann Ihre Mutter auch gern mitnehmen«, bot sie an.
»Meine Mutter?« fragte er und fing dann schallend an zu lachen. »Das ist meine Freundin, und jetzt muß ich wirklich gehen. *Au revoir.*« Und während sich fassungslose Blicke in seinen Rücken bohrten, ging er auf Anneliese zu und küßte sie extra lange.
»Womit hab ich das verdient?« fragte sie atemlos.
»Mit dir«, sagte er zwischen zwei Küssen, »nur mit dir.«

★ »Oh, bitte rühr mich nicht an!
Oh, bitte rühr mich nicht
Oh, bitte rühr mich
Oh, bitte rühr
Oh, bitte
Oh ...« ★

Christoph und Jenna

Marie war im Einsatz, denn Gerdy Glitter gab ein paar Galas und hatte angeblich eine Horde 14jährige im Schlepptau, die sie in möglichst anzüglicher Pose ablichten und bis Mitternacht bei Herrn Döse von der Bildredaktion *Morgenpost* abliefern sollte. Damit sie in den Bars und Discos, in denen Gerdy mit Gefolge erwartet wurde, nicht auffiel, hatte sie sich in ihr Saturday-Night-Fever-Outfit geworfen, ein Azzedine Alaïa, das sie kürzlich im Secondhand für 400 Mark erstanden hatte. Die Lippen waren auf Kim Basinger geschminkt, und natürlich hatte sie sich die Kontaktlinsen ins Auge gequält. »Warte nicht auf mich, es kann spät werden«, hatte sie gesagt, ihn flüchtig geküßt und mit dem abendlichen Kindergewühl allein gelassen.

Es ist ihr Job, dachte Christoph zähneknirschend, während er die vollgepinkelte Klobrille abwischte (zweimal), erst Spiegeleier, dann Pizza, dann Eis, dann Bananenbrot anbot und sich mit den Kindern schließlich auf Würstchen und Apfelmus einigte, drei verschiedene

Gutenachtgeschichten vorlas, *Winnie, der Bär, Aschenputtel* und *Kick, der kleine Fußballstar*, das Zähneputzen überwachte, vor dem Fernseher zusammenbrach, zweimal Saft holen mußte und endlich auf dem Sofa einschlief.

Das Telefon schrillte ihn hoch. Es war halb zehn. Er rieb sich die Augen.

»Cholewa.«

Gedämpfter Bürolärm klang an sein Ohr. »Hier Döse. Ist Marie da?«

»Meine Frau ist nicht zu Hause. Sie hat einen Job.«

»Deswegen rufe ich ja an. Gerdy Glitter hat seine Hamburger Termine wegen Erkältung abgeblasen. Sie kriegt natürlich ein Ausfallhonorar, keine Sorge.«

»Okay, vielen Dank für den Anruf.«

Christoph legte den Hörer auf, ihm wurde eiskalt. Er wußte, plötzlich und unwiderruflich genau, wer sich in dieser Sekunde an den Kim-Basinger-Lippen seiner Frau ergötzte. Ob sie den schwarzen Fummel bereits vom Körper gerollt und vors Hotelbett geschmissen hatte? Er brauchte unbedingt einen Whisky. Das Glas war halbvoll, ohne Eis, und er stürzte es gierig auf seine unvorbereitete Magenschleimhaut. Wohlige Wärme breitete sich über seine angespannten Nerven. Noch ein kleiner. Wie gut Whisky schmecken konnte, wenn man ihn pur trank! Noch ein ganz kleiner, dann würde er ins Bett gehen. Das Telefon klingelte. Marie! Er hatte ihr Unrecht getan! Sie rief bestimmt aus einer Bar an, um ihn zu fragen, was los war. Weich gestimmt griff er zum Telefon. Schwupps, daneben, leichter Nebel, aber nicht unangenehm. Er hatte seiner Kleinen Unrecht getan.

»Hallo Schnözi«, flüsterte er, verdammt, wo war seine Stimme geblieben, »komm zu Daddy.«
Befremdetes Schweigen, dann: »Christoph, Schwagerherz, ist alles in Ordnung? Du hörst dich so merkwürdig an.«
»Hallo, Jenna, was gibt's?«
»Ich bin gerade in der Nähe und wollte auf ein Glas Wein bei euch vorbeischauen, aber wenn's nicht paßt, nehm ich mir ein Taxi und fahr nach Hause, *no problem*.«
Christoph überlegte blitzschnell. Hatte er Lust auf Gesellschaft? Eindeutig ja, auch wenn es sich um die Schwester seiner Frau handelte, die gerade ... lieber nicht darüber nachdenken, sonst würde er in die Tischkante beißen. »Marie ist unterwegs, aber du bist herzlich eingeladen.«
Zögern. »Bist du sicher? Du klingst so komisch.«
»Komm vorbei«, sagte er.
Als er aufgelegt hatte, ging er ins Bad und hielt sein Gesicht unter den laufenden Wasserhahn. Brrrrrrr. Der Nebel lichtete sich, aber nur wenig. Er ging zum Kühlschrank, holte eine Flasche weißen Elsässer raus und öffnete sie. Wo waren die Weingläser? In der Geschirrspülmaschine. Sein Herz klopfte etwas schneller. Er zwang sich zur Ruhe. Es klingelte. Er stellte die Gläser und Flasche ab und öffnete die Haustür. »Komm rein«, sagte er.
»Du siehst etwas mitgenommen aus, Schwagerherz«, meinte Jenna. Sie dagegen sah zum Anbeißen aus, fand er, aber er sagte es nicht. Schließlich war sie seine Schwägerin, zur Neutralität also zwangsverpflichtet. Er natürlich auch.
Sie setzte sich aufs Sofa und zog sich aufatmend die

Schuhe aus. »Ah, das tut gut, jetzt eine Fußmassage, und ich wär im siebten Himmel.«
»Gib her«, hörte er sich zu ihrer und seiner Überraschung sagen. Jenna schaute ihn an, dann rollte sie die Socken von den Füßen und streckte sie genüßlich auf dem Sofa aus. Christoph setzte sich zu ihr und nahm die Füße auf den Schoß. Er kannte sich aus mit Füßen, denn Marie war eine Massagesüchtige. Fast alles konnte man ihr abschmeicheln, wenn man vorher ihre Füße genügend geknetet hatte.
»Leg dich zurück«, wies er seine Schwägerin an.
Sie tat es und schloß die Augen. Er nahm noch einen Schluck Whisky, dann ihren rechten Fuß in die Hände. Er drückte seine Knöchel auf die Weichstelle, bog die Zehen auseinander, die, wie er feststellte, rot lackiert und sehr gepflegt waren.
»Gut so?« fragte er, und sie seufzte nur. »Hör bitte nie wieder auf.«
Während er die Hacke durchwalkte und die Knöchel massierte, schaute er seine Schwägerin an, die hingegossen vor ihm lag, restlos entspannt und sehr verführerisch.
»Wo ist Marie?« fragte sie mit geschlossenen Augen. »Lauert sie wieder einem Opfer auf?«
»Ich nehme es an«, antwortete er kurz.
Sie öffnete die Augen. »Ist was?«
Er überlegte sekundenschnell, ob er sich ihr anvertrauen sollte. Lieber nicht. Die Schwestern waren so dick miteinander wie ein Milkshake. »Setz dich hin, damit du deinen Wein trinken kannst«, sagte er deshalb und griff zur Flasche.

»Was trinkst du?« fragte sie.
»Whisky.«
»Gib mir auch einen.«
Warum er ihr einen Doppelten gab, hätte er später, als er die folgenden Stunden in seiner Erinnerung wieder und wieder nachschmeckte, nicht begründen können; es war etwas in ihm, das größer, drängender und heißer wurde und ihn mit heiserer Stimme: »Willst du Musik hören?« fragen ließ. Sie schaute ihn an, und in ihrer Stimme lag Staunen, Abwehr, Neugier und ein Rest von etwas anderem, in dem er sekundenlang versank, bevor er sich zur Ordnung rief. Sie ist deine Schwägerin, du altes Schwein, stell dir vor, es passiert was und Marie platzt dazwischen. Es rauschte sacht in seinen Ohren, und die sichere Erkenntnis, daß mit seiner Frau in den nächsten Stunden nicht zu rechnen war, erfüllte ihn zu seiner eigenen Überraschung nicht mit Wut, vielmehr mit einem Gefühl der Erwartung. Was erwartest du, gedanklicher Fremdgänger? Fickifacki auf dem Sofa mit der Patentante deiner Tochter? Er setzte sich, allem Anschein nach sachlich und unbeteiligt, doch in seinem Kopf lief ein Pornofilm, gegen den er machtlos war...

Jenna

Die Fußmassage war absolut göttlich, und Christoph sah an diesem Abend richtig schnuckelig aus. Da Marie mich eingeweiht hatte, wußte ich, wo sie steckte, und ich beschloß ein bißchen Schwägerinnentrost zu spenden. Au-

ßerdem hofften wir, daß mein ahnungsloses Auftauchen meine schlitzohrige Schwester entlasten würde. Nach dem Motto: Wenn Jenna nichts weiß, hat Marie nichts gemacht. Ich fühlte mich unwohl dabei, weil ich meinen Schwager wirklich mochte, aber Marie hatte so lange gefleht und gebettelt, bis ich nachgegeben hatte. Als ich an ihrer Haustür klingelte, wünschte ich ihr alles erdenklich Schlechte. Hoffentlich kriegte Mr. Schnulzensack keinen hoch oder, noch viel schlimmer, war einer dieser lästigen Langzeitficker, die stundenlang brauchten, bis es endlich explodierte. Doch mein Trostbesuch gestaltete sich erfreulicher, als ich gedacht hatte. Hier lag ich, auf der Couch, und meine Füße flehten: *Gimme more!*
»Willst du einen Wein?« fragte Christoph, nachdem er eine Elton-John-CD in den Player geschoben hatte und ich von den Klängen meines Lieblingssongs *»Sacrifice«* umhüllt wurde; ahnte er, daß mich gerade dieses Lied besonders feuchtlippig (Sie wissen schon) machte? Jenna, reiß dich jetzt bloß zusammen, kniff ich mich in den Oberarm, du bist in der gefährlichen Stimmung, etwas zu tun, das du dein Leben lang bereuen wirst.
»Okay, noch ein Glas, aber dann muß ich nach Hause«, sagte ich zu Christoph, der es frisch eingeschenkt auf den Couchtisch stellte und sich aufatmend neben mich setzte.
»Das war wieder ein Tag.«
Ich sagte vorsichtshalber gar nichts, weil ich meiner eigenen Stimme nicht traute. Außerdem wollte ich jetzt keine Eheprobleme hören.
»Wie geht's dir?« fragte er dann und plazierte wie zufällig meinen linken Fuß auf seinen Oberschenkel. Langsam

und auf sehr angenehme Weise legte mich eine wohlige Schläfrigkeit zwar nicht lahm, aber ziemlich bewegungslos. Ich wollte nie wieder aufstehen.

»Mmmhhh« sagten meine Lippen, »was macht der Nachwuchs?«

Er sagte was von Pipi auf der Klobrille, von *Sesamstraße*, und ich ließ es vorbeirauschen und konzentrierte mich ganz auf mein Wohlgefühl. Seine Hand war an meinem Knöchel, wanderte langsam an meiner Wade hoch; war es erlaubt, daß es sich so gut anfühlte? Mußte ich einschreiten? Wo war Marie, ging es ihr genauso gut?

»Christoph?« sagte ich vorsichtig, und sein »Ja?« war plötzlich dicht an meinem Ohr, zum erstenmal sah ich den Leberfleck am Hals, und seine Hände, um Gottes willen, wo waren seine Hände? Was sie mit mir anstellten, war jedenfalls so unglaublich, daß mir alles egal war. Meine Hormone und seine spielten verrückt. Ich kam sofort, voll angezogen.

»Jenna, Jenna, Jenna« sagte er wie ein Mantra, und ich war völlig willenlos und genoß die Welle, die mich wegspülte, aus Händen, Mündern, Zungen und einem sehr agilen Größeren, als Marie ihn beschrieben hatte, mit Rechtskurve ...

Marie und Tony

Der dunkelblaue Mercedes glitt leise durch die norddeutsche Landschaft, die nach einem der typischen Regenschauer wie frühjahrsgeputzt aussah. Ein Mann und eine Frau auf dem Weg zu einer kleinen ehebrecherischen Begegnung saßen mit unterschiedlichen Gedanken nebeneinander und bemühten sich, souverän und gelassen zu wirken. Zwei Sprechblasen schwebten über ihren Köpfen.

SIE: Christoph klang so komisch, als ich wegging, ob er was ahnt? Hätte ich mich doch bloß nicht auf diese Sache eingelassen. Das Kleid zwickt wie der Teufel, wenn ich bloß wieder richtig ausatmen könnte.

ER: Sie sieht blaß aus. Hoffentlich kriegt sie nicht ihre Tage, das wäre wirklich 'ne Pleite.

Verstohlen musterten sie sich. »Worauf hast du Lust?« fragte er, während er am Radio fummelte.

»Oldies«, sagte sie ganz harmlos und lächelte ihn an.

Er wußte, daß sie ihn nur ein bißchen foppen wollte, trotzdem regte sich eine kleine Verärgerung in ihm. Meine Güte, er war Mitte Fünfzig, das war doch wirklich kein Alter. Besonders nicht für einen Mann. Eine Frau mit Fünfzig würde er nicht mit der Kneifzange anfassen, aber Männer, das war wissenschaftlich bewiesen, alterten langsamer, die Haut knitterte nicht so. »Sie haben Glück, daß Sie so einen starken Bartwuchs haben, Herr Cazzone«, hatte ihm kürzlich sein plastischer Chirurg erklärt, der seine Augenlider ein bißchen gerafft hatte *(nur ein bißchen)*, »dadurch ist Ihre Haut im unteren Gesichtsbereich stabiler, wird mehr zusammengehalten.«

Tony spielte die Programme durch, bis er einen Oldiesender fand. *»Route 66«* von den Stones hämmerte durchs Auto. Zu laut, fand er, und punchte die Knöpfe. *»Das kannst du mir nicht verbieten«* von Bernd Spier, ein Hit aus den 60ern, nach dem er damals reichlich geknutscht hatte.

»Kennst du das Lied?« fragte er.
»Keine Ahnung«, sagte sie, »es klingt wie Heino nach der Kastration.«
Sie lachten, die Stimmung lockerte sich etwas. Es war ein Fehler gewesen, sie auf diese 30 Kilometer lange Autofahrt zu schleppen, er hätte ein Restaurant am Stadtrand wählen sollen. Aber im *Goldenen Hasenjäger* kannte er den Wirt und konnte sich auf diskreten Service verlassen.
SIE: Meine Güte, bei natürlichem Licht sieht er ganz schön alt aus. Ob er schon mal geliftet wurde? Die Augen wirken irgendwie faltenloser als der Rest. Hoffentlich schnauft er nicht im Bett oder denkt, er hat einen aus Gold. Daniel hat sich heute morgen wieder das rechte Ohr gehalten. Bloß keine neue Ohrenentzündung.
ER: Sie sieht süß aus. Ich könnte sofort, auf dem Autositz. Man sieht nicht, daß sie schon drei Kinder hat. Hoffentlich ist unter dem Regenmantel keine schwanzschrumpelnde Schlaffigur verborgen. Die Titten gefallen mir besonders. Ich bin gespannt, wie sie sich anfühlen.
Marie schaute aus dem Fenster. Zum Glück waren die Scheiben getönt, kein neugieriger Fan würde seine Nase plattdrücken und fragen: »Ist das deine Schwester, Tony?«
»Worauf hast du Appetit, Marie?« fragte er jetzt.
Sie schaute ihn an. Erwartete er darauf eine ehrliche Antwort? Die würde nämlich lauten: Ich habe Appetit auf eine Supernummer mit ganz vielen Orgasmen und der Garantie, daß mein Mann nie etwas davon erfährt.
»Was gibt es denn im *Hasenjäger*?« fragte sie statt dessen.

»Der Koch ist Schweizer, seine Rösti sind *to die for*«, sagte er.
»Tudeifo?« fragte sie.
»Zum Sterben gut«, erklärte er.
Sie waren am Stadtrand von Lüneburg angelangt. »Noch fünf Minuten«, versprach Tony, und Marie nahm sich vor, sich jetzt, verdammt noch mal, endlich zu entspannen. Was war der Sinn vom Fremdgehen, wenn man es nicht wenigstens ein bißchen genoß.

Einschub Gegenseite

Sie rollte sich ab und verschwand ohne ein Wort im Badezimmer. Er schaute ihr nach und wußte nicht, wie er sich fühlen sollte. In seinem Hirn pochte das schlechte Gewissen wie ein Schlaghammer — deine Schwägerin, bist du denn des Wahnsinns fette Beute —, sein Körper jedoch signalisierte Wohligkeit, er fühlte sich warm und rosig an, gut durchblutet. Er döste, dann schreckte er hoch. Wenn jetzt Marie nach Hause käme, er nackt, Jenna im Bad? Er sprang in die Jeans, riß sich das T-Shirt über den Kopf. Jenna kam aus dem Bad, angezogen. Sie setzte sich aufs Sofa, zündete sich eine Zigarette an, nahm einen Zug, reichte ihm den Rest und stieß den Rauch mit einem tiefen Seufzen aus.
»Das war wirklich überflüssig«, sagte sie dann und schaute ihm direkt ins rosa Gesicht, »ich weiß nicht, was über uns beide gekommen ist, aber wenn Marie davon erfährt, dann komm ich mit meinem schärfsten Messer,

zerstückel dich und spül dich ins Klo runter. Haben wir uns verstanden?«

Christoph wußte, daß sie sich jetzt ihrer beider Schwäche von der Brust stieß, daß sie gemeinsam einen Graben schaufeln mußten, in den sie sich unter anderen Umständen wahrscheinlich zu einem weiteren Durchgang gelegt hätten. Bloß keine Zärtlichkeiten jetzt, was passiert war, mußte einmalig bleiben, am besten sofort vergessen werden.

»Okay, Boß«, sagte er deshalb. »Soll ich ein Taxi rufen, oder kannst du noch?«

»Ich geh zu Fuß«, lächelte sie, »ich brauch jetzt frische Luft.«

Die Haustür fiel ins Schloß, er stieg unter die Dusche, drehte sich unter den harten Massagestrahlen und wurde hellwach. Er durfte jetzt nicht vergleichen, denn die letzten Stunden waren so wahnsinnig gewesen, daß er nur hoffen konnte, sie möglichst schnell zu vergessen. Jenna war ein Dynamo: Er war zweimal hintereinander gekommen, das hatte er zuletzt in seinen Flitterwochen geschafft.

Das Telefon klingelte. *Was war passiert?* Unwahrscheinlich, daß ihm Jenna gute Nacht sagen wollte.

»Hallo?« flüsterte er vorsichtig.

»Ich bin's, Marie«, sagte seine Ehefrau, »bist du noch wach?«

Er räusperte sich: »Was gibt's, wo steckst du?«

Kleine Pause. »Ich bin hier in einem Vorstadtrestaurant, in einer Stunde bin ich zu Hause. Wartest du auf mich?«

Ihre Stimme klang kläglich; war das ein gutes Zeichen für ihn oder ein schlechtes für sie?

»Okay«, sagte er, »ich warte.«
Er ging ins Bett und schaltete den Fernseher ein. Ich bin wirklich ein Schwein, dachte er, aber im allertiefsten Grunde wäre ich fast erleichtert, wenn sie was mit Tony gehabt hätte. Dann könnte ich ihr verzeihen, und ich stünde im besten Licht da. Ob sie mir die Wahrheit sagt?

Marie und Tony

Es war ihr bewußt, daß jeder der Gäste sehr bemüht so tat, als würde er Tony nicht sehen, und dabei jeder aus den Augenwinkeln heraus in ihre Richtung schielte. Verbalerotik als Vorspiel war also nicht angebracht, nichts wäre peinlicher, als ausgerechnet hier auf einen ihrer Kollegen von den *Lüneburger Nachrichten* zu treffen. Während sie appetitlos in der Kressesuppe mit Sahnehäubchen rührte, malte sie sich ein kleines Alptraumszenario aus. Der Kellner am Telefon: »Hey, Joe, schnall die Kamera um, wir haben hohen Besuch. Nein, diesmal nicht die Sinnen mit der Conny, Tony ist da, mit ’ner Schnalle. Nee, nicht besonders jung, keine Ahnung, nichts Bekanntes. Okay, beeil dich, und vergiß den Hunnie nicht, den du mir für diesen Tip schuldig bist.«
»Du bist so still«, sagte Tony und schaute sie an. Er schien völlig entspannt, aber für ihn stand ja auch nichts auf dem Spiel.
»Irgendwie hab ich keinen Hunger mehr.«
»Aufgeregt?« Seine Stimme war wie ein warmes Schaumbad.

»Die Situation streßt mich«, gab sie ehrlich zu. »Wir sitzen hier ja wie auf dem Präsentierteller.«
Das war sein Stichwort. »Vielleicht sollten wir irgendwohin, wo wir ungestörter sind«, schlug er beiläufig vor und sah sie fest an.
»Was schlägst du vor?« fragte sie und schaute nervös zur Tür.
»Haben Sie schon gewählt?« Der Kellner stand devot am Tisch, Block und Bleistift gezückt.
»Wir nehmen nur noch einen Kaffee«, sagte Tony, dann leise: »Schreiben Sie die Rechnung bitte auf mein Zimmer.«
»Wird gemacht, Herr Cazzone«, sagte der Kellner weich, verständnisvoll. Zwinkerte er ihr zu? Sie tauchte kurz in ihre Handtasche, wühlte nach Spiegel und Lippenstift.
»Ich mach mich mal ein bißchen frisch«, sagte sie, und Tony beugte sich vor, flüsterte ihr zu: »Zimmer 16, ich komm gleich nach.«
Sie spürte an den Brandlöchern auf ihrem Rücken, daß ihr alle Blicke folgten. Ihr Alaïa war im *Hasenjäger* mehr als fehl am Platz. Wahrscheinlich wunderten sie sich, was er mit einer so Alten machte, denn sein legendärer Appetit auf blutjunge Girls war schließlich bekannt. Wenn sie doch bloß ein paar Pfund weniger drauf gehabt hätte, aber nach der Geburt von Gabriel vor zwei Jahren war sie diesen leichten Speckansatz nicht wieder losgeworden. Diese Abenteuer sind nichts mehr für dich, seufzte sie und ging ins Damenklo, wo eine alte Frau vor einem Kitschroman und einem Teller saß. Ächzend erhob sie sich und griff zu einem angesifften Lappen, der auf der Heizung lag.

»Lassen Sie nur, ich geh so«, sagte Marie schnell, denn nichts fand sie widerlicher als eine Brille, die von einem Lappen abgewischt wurde, der seit dem Kriegsende für Klobrillen in Benutzung war. Auf dem Klo kam nichts, sie stellte sich vor, wie es sein mußte, sein gesamtes Berufsleben lang nur Klobrillen abzuwischen und auf anderer Leute Pinkelgeräusche und Schlimmeres zu lauschen. Ungepinkelt stand sie auf, spülte kurz die Hände, zog die Lippen nach, als ...

»Marie, die Welt ist doch ein Dorf? Was machst *du* denn hier?« Die Stimme war grauenhaft vertraut. *Trudi aus Muttis Doppelkopfrunde?*

»Ich bin beruflich hier«, sagte Marie schnell.

»Im *Hasenjäger?*« fragte Trudi, sehr ungläubig.

Es blieb Marie nichts anderes übrig, als sich zu erklären: »Ich mach ein paar Fotos von Tony Cazzone für die *Bravo*, aber sag's bitte nicht meiner Mutter, ich weiß selbst, daß es unter meinem Niveau ist.«

Trudi strahlte: »Tony Cazzone, du Glückliche, wir lieben ihn alle? Glaubst du, daß er Autogrammkarten dabei hat?«

Marie holte tief Luft. Dieser Abend war wirklich wie von Woody Allen inszeniert. Was sagte Jenna immer? Wenn alles schiefgeht, lehn dich zurück und laß dich ins Chaos treiben; ändern kannst du sowieso nichts.

»Komm mit, Trudi«, sagte sie deshalb freundlich. »Mal sehn, was ich für dich tun kann.«

Vor der Damentoilette stießen sie mit Tony zusammen.

»Hi, ich dachte, du wärst schon auf dem Zi ...« sagte er.

»Ach, hallo, guten Tag.« Wenn er so breit grinste, sahen seine Zähne wie goldgefaßte Kaugummikissen aus.

»Hallo, Tony, sind die Make-up-Leute schon oben?« fragte Marie und sah ihn beschwörend an.
Er verstand sofort: »Seit fünf Minuten, geh am besten auch gleich hoch, ich will nur noch Zigaretten holen.«
Trudi stand daneben und zerfloß. Als Marie weggehen wollte, zupfte sie sie am Ärmel. Flehentlich ... Marie, du wolltest doch.
Tony erkannte einen Fan, wenn ihm die Begeisterung aus den Knopflöchern quoll. Schwungvoll holte er einen Packen Autogrammkarten aus der Jackettasche. »Für wen darf es sein, gnädige Frau?«
»Für Anneliese, Trudi, Ingrid und Karin«, sagte sie atemlos.
»Ich geh dann mal«, sagte Marie und küßte Trudi flüchtig auf die Wange. »Grüß Mutti, wenn du sie eher siehst.« Dann stieg sie schnell die Treppe zum ersten Stock hoch.
Zimmer 16. Sie schloß die Tür auf. Schreckschreckschreck. Der totale Plüsch. Das Bett sah aus wie das ihrer Eltern, die Bettwäsche war weiß und hatte Bügelfalten. Schnell zog sie die Gardinen vor. Zum Glück war es draußen inzwischen stockdunkel. Eine Lampe reichte. Radio, sie fummelte nach dem Sender. Zu offensichtlich sollte die Musik auch nicht sein. Was Klassisches? Erstaunt stellte sie fest, daß sie überhaupt keine Lust hatte. Sie war so unfeucht wie die Sahara.
Es klopfte. »Alles klar?« Er kam rein und riß sie an sich. Seine Zunge arbeitete sich bis zum Zäpfchen vor. Sie wußte nicht, wohin mit ihrer, also ließ sie sie liegen, schlaff und überfordert. Er hielt sie auf Armeslänge, schaute sie forschend an.

»Bist du okay?«
Sie nickte, ein bißchen kläglich. Er zog sie aufs Bett, sie fielen übereinander, Arme, Beine, Ellbogen bildeten ein wirres Knäuel. Langsam fand alles zueinander, die Bewegungen wurden ruhiger, entspannter, wärmer. Sie fühlte seine Hand unter ihrem Pullover, ihre Brustwarzen richteten sich auf wie kleine Wachhunde, seine Hände wurden fordernder, wanderten tiefer, sie wußte, auch von ihr wurde jetzt Einsatz erwartet. Am liebsten hätte sie die Augen zugemacht und alles mit sich geschehen lassen, wie in einem Massagesalon. Und wäre in ihrem Bett aufgewacht, Christoph leise schnarchend neben ihr auf seiner Seite. Was war nur los mit ihr?
Sie öffnete die Augen. Tonys leicht gerötetes Gesicht hing dicht über ihr. Warum sahen die meisten Männer in ihrer Erregung bloß so idiotisch aus? Vorsichtig griff sie zu — meine Güte, prall wie ein Baseballschläger. Sicher hatte er ein Giganto-Organ. Sie haßte übergroße Schwänze, zumal ihre Besitzer meist so unverdient stolz auf sie waren. Rammel, rammel, schnauf. Hast du so was schon mal gehabt? Ich nenn ihn Monster. Vielleicht war seiner ja ausgestopft. Vorsichtig öffnete sie den Reißverschluß, er wölbte sich ihr geradezu entgegen. Auch das turnte sie ein bißchen ab, sie arbeitete lieber etwas dafür.
»Nicht so fest«, flüsterte er, »warte.« Raschel, raschel, er stand nackt vor ihr? Warum sind Frauen nicht wie Männer, dachte sie, warum finden sie einen nackten Mann eher komisch? Tony trug den Namen Cazzone nicht zu Unrecht. Ob er manchmal Gleichgewichtsprobleme hatte? Sie mußte an den Pornodarsteller Long Dong Silver

denken, der, so ging das ehrfürchtige Gerücht, für seine Erektionen so viel Blut brauchte, daß er regelmäßig ohnmächtig wurde.
»Zieh dich auch aus«, bat er heiser. Seine Augen waren leicht schlitzig verengt — Ungeduld, Erregung, kratzende Kontaktlinsen? Blitzartiges Ausziehen war sie gewohnt, auf eine gekonnte Stripteasenummer verzichtete sie deshalb, weil sie sich nicht lächerlich machen wollte. Sie blickte an sich herunter. Meine Güte, ihre Schamhaare waren nicht zu sehen, der Wissbach-Test zur Überprüfung, ob der Bauch zu sehr vorwölbte, somit positiv. Schnell legte sie sich hin. Kein Regenschauer überrieselte die Sahara, im Gegenteil.
»Hast du etwas dabei?« fragte er. Natürlich nicht, dachte sie, ich bin eine verheiratete Frau, die es sowieso nur zweimal im Monat macht.
»Ich bin sicher«, räusperte sie sich nach ein paar Sekunden.
»Machst du so was öfter?« hakte er nach. Was immer an Minispuren von Geilheit in ihrem Körper war, verflog schlagartig.
»Wie meinst du das?« fragte sie spitz. »Natürlich nicht.«
Er bemerkte seinen Fehler und küßte sie. Keine Sahara, eher Flutkatastrophe. Sie hatte das Gefühl, seine Spucke zu schlucken. Leichte Stöhngeräusche, seine.
Das Telefon klingelte.
»Geh lieber ran«, sagte sie erleichtert.
Kleine Atempause. Er rollte sich ab, streckte sich auf dem Bett aus. »Der *Stern* will einen Titel machen?« Die Schaumstimme war verschwunden, er klang eifrig, geschäftstüchtig. »Woher weißt du, ob sie mich nicht ver-

reißen wollen? Sag ihnen, ich stimme nur zu, wenn ich das Manuskript vorher lesen kann ...«
Marie stand auf, sammelte ihre Sachen auf, ging ins Badezimmer. Im harschen Licht stand sie vor dem Spiegel und musterte sich gnadenlos. Kritische Bestandsaufnahme, hieß es in der *Petra*, okay. Die Titties, wie ihre Kinder es nannten, hingen leicht, aber erträglich, ein Bleistift klemmte zwar schon, der dicke Highlighter, mit dem sie es mal ausprobiert hatte, zum Glück noch nicht. Bauch, Oberschenkel und Hüften reichten noch gut für Christoph, für außereheliche Abenteuer waren sie einen Touch zu soft.
Ein Moment im Ehebett fiel ihr ein: »Du Ärmster, wie lange hast du kein junges Fleisch mehr gefühlt?« hatte sie ihn halb scherzhaft gefragt. Und er hatte, sehr lieb, geantwortet: »Ich liebe jedes Pfund an dir. Immer wenn du zunimmst, fühle ich frisches Fleisch.« Christoph. Plötzlich sehnte sie sich mit einer Intensität nach ihm, die sie lange nicht mehr gespürt hatte.
»Marie, ich warte«, rief Tony.
Sie wußte, was sie zu tun hatte. Sie stieg in ihre Kleider, ging festen Schrittes ins Zimmer, wo ihr Would-be-lover so verführerisch auf die Laken drapiert dalag wie vor 20 Jahren Burt Reynolds in der *Cosmopolitan*.
»Endlich«, sagte er, und der kleine Tony stellte sich in Vorfreude auf halbmast.
»Es tut mir wirklich leid«, sagte Marie, »aber ich muß nach Hause.«
»Das kann doch nicht dein Ernst sein«, rief Tony, während Little Tony einknickte, »bist du sauer, weil ich telefoniert habe?«

»Nein«, meinte Marie und holte tief und erleichtert Luft, »ich bin ganz einfach für solche Dinge nicht geschaffen.« Dann ging sie.
Erst auf dem Parkplatz fiel ihr ein, daß sie ohne Auto war. Scheiße. Vielleicht war Trudi noch im Restaurant und konnte ihr einen Lift geben. Kein guter Gedanke. Trudi war chronisch neugierig. Lieber keine forschenden Blicke und Fragen. Inzwischen war es 23 Uhr. Keine Fluppen dabei. In diesem Augenblick hätte sie mit Saddam Hussein gebumst für einen tiefen Zug. Sie ging zurück und sah neben dem Zigarettenautomaten ein Telefon. Bring's hinter dich. Sie wählte.
»Hallo?«
»Ich bin's, Marie. Bist du noch wach?«
»Was gibt's, wo steckst du?« fragte Christoph. Komischerweise klang seine Stimme gar nicht ärgerlich.
Sie wollte so dicht wie möglich bei der Wahrheit bleiben. »Ich bin hier in einem Vorstadtrestaurant, in einer Stunde bin ich zu Hause, wartest du auf mich?« Schlimmstenfalls würde sie eine Taxe nehmen.
»Okay«, sagte er, »ich warte.«
Nie hatte sie ihn mehr geliebt als in diesem Augenblick.

Jenna

Zu Hause ging ich noch mal unter die Dusche. Ich fühlte mich weder unsauber noch verschwitzt, aber unter Wasserberieselung kann ich am besten nachdenken. Wow, dachte ich, als die Strahlen auf meinen Body prasselten, wer hätte das gedacht? Mein Schwager, den ich morgenmuffelig mit ungeputzten Zähnen, kinderscheißeabwischend oder im Ehekrach mit meiner Schwester kannte, war ein richtiger Tiger im Bett? Hatte ich diese Urwaldeigenschaften in ihm zum Vorschein gebracht, oder war er einfach ausgehungert? Ich schämte mich natürlich, aber noch nicht in dieser Nacht; das würde morgen früh kommen, wenn ich leicht verkatert in den kritischen Morgen blickte, der mich angewidert anschauen und zu mir sagen würde: Jenna, Jenna, Jenna, du sollst nicht begehren deiner Schwester Mann, Haare, Schönheit oder alles, was sie besser kann als du. In die Ecke mit dir, schäm dich. Die nackte Wahrheit: Ich habe mich selten so gut gefühlt nach einer Nummer. Meine Brüste waren warm und prall, es prickelte bis zu den Haarwurzeln. Sie wird es nie erfahren, schwor ich mir, das Ganze war ein Traum.

Tony

Als die Tür ins Schloß fiel, rief er den Roomservice an. »Einen doppelten Ramazotti bitte, so schnell wie möglich.«
Was für ein vergeudeter Abend. Diese verheirateten Spießerweiber? Unbefriedigt, angegeilt, aber wenn es zum Letzten kommen sollte, zogen sie die Schamlippen zurück. *»Ich bin für solche Dinge nicht geschaffen.«* Aber für einen Mann wie ihn, single, begehrt, attraktiv, unerheblicher Bauchansatz, war eine Mutti wie sie zum Glück nicht die letzte Möglichkeit. Er griff zu seinem

Adreßbuch, blätterte. Die Eroberungen der letzten drei Monate waren, wie üblich, mit Bewertung eingetragen:

b. g. — bläst gut
d. t. — dicke Titten
schl. t. — schlappe Titten
gesch. m. k. — geschieden mit Kindern
l. a. — liebt's anal.

Nichts Gescheites. Sonja, 23, blies gut, hatte aber Kinder. Evelyn, 39, hatte schlappe Titten. Also war Handarbeit angesagt. Das Ganze war ein Alptraum.

Marie und Christoph

Als sie den Schlüssel umdrehte, hatte er geduscht, Zähne geputzt und lag in seinem unschuldigsten Pyjama (hellblau mit weißen Schiffen, Geschenk von Schwiegermutter) im Bett. Die Nachttischlampe brannte, er las den *Spiegel*, das heißt, er tat so. Sie blieb lange im Flur. Verwischte sie Spuren, puderte den Knutschfleck zu? Wenn sie zu frisch roch, wußte er, daß sie geduscht und es vorher getrieben hatte. Sie war ein Reinlichkeitsfreak und würde nie mit dem Geruch eines anderen Mannes zu ihm ins Bett steigen.

Die Tür ging auf, er las vertieft. Schaute flüchtig hoch: »Na, wie war's?« Eine unschuldige Frage, warum brauchte sie so lange mit der Antwort?

»Anstrengend«, seufzte sie und setzte sich zu ihm aufs Bett. Ihr Gesichtsausdruck sagte ihm, daß sie extrem mit-

teilungsbedürftig war und ihr die Wahrheit wie ein unausgedrückter Pickel unter der Haut brannte. Sie brauchte ihn als Beichtvater.
Ihm wurde eisig kalt. Wenn sie ehrlich war, mußte er es auch sein, und seine Wahrheit war schlimmer als ihre.
»Jenna war kurz hier«, sagte er beiläufig. Unter der Decke wischte er seine feuchten Hände ab.
»Was wollte sie?« fragte Marie. Daß sie so überhaupt keinen Verdacht schöpfte — aber wie sollte sie auch —, machte seine Handflächen noch feuchter.
»Nur ein Glas Wein. Viele Grüße.«
»Okay«, sagte Marie, »ich putz mir schnell die Zähne, dann erzähl ich dir von meinem Tag. Schlaf nicht ein.«
Sie war hartnäckig, wollte ihr kleines Abenteuer auf seiner Seele abladen und danach die ehemännliche Absolution. Ohne ihn. Er knipste die Lampe aus, zog sich die Bettdecke über die Ohren, schloß die Augen. Gott, was war er müde. Diese Nacht war unglaublich. Traum oder Alptraum, das war hier die Frage.
Er war schon halb weg, als er ihren weichen Körper neben sich spürte. »Schläfst du schon?« flüsterte sie.
»Hmmmmm«, machte er. Sie rutschte ganz nah. Ihre Hände rutschten noch näher. Unzweideutig, was sie wollte.
»I love you«, flüsterte sie. Auf englisch kam es ihr leichter über die Lippen.
Er blieb zunächst steif, wußte nicht, wie er sich verhalten sollte. Beide Schwestern in einer Nacht? Warum eigentlich nicht, dachte er, Minimax hatte schon längst Ja gesagt. Er drehte sich um, nahm sie in die Arme. Es war ihm früher nie aufgefallen, daß sie genauso roch wie

Jenna. Und dann tauchte er ein in die Umarmung, und es rauschte über ihnen zusammen wie schon lange nicht mehr, und daß Jenna als Dritte dabei war, trieb ihn zu Höchstleistungen, die sie glücklich aufseufzen ließen.
Als es vorbei war, sanken sie erschöpft in ihre Kissen. »Diese Nacht war ein Traum«, flüsterte sie, »und jetzt möchte ich schlafen.«
Drei Sekunden später drangen leise Schnarchgeräusche aus ihrer Richtung zu ihm herüber. Er deckte sie zärtlich zu, küßte ihre Halsgrube. Keine Beichte, Gott sei Dank. Und endlich schnarchte auch er ein.

★ Was machen die Bienen, wenn
die Blumen ihre Tage haben? ★

Jenna

Es fiel mir wieder ein, noch mit geschlossenen Augen. Eine Hitzewelle durchfuhr mich; waren das schon die Wechseljahre? Unter der Dusche, die ich mir zur Strafe eiskalt verordnet hatte, versuchte ich meine Gedanken zu ordnen. Ich war zum Frühstück mit Marie verabredet, wir wollten ein Projekt besprechen. Wie sollte ich ihr gegenübertreten? Wenn Christoph nun im Ehebett geplaudert hatte? Ich hielt es nicht mehr aus. Tropfend lief ich zum Telefon, wählte ihre Nummer.

»Cholewa.« Es war Christoph.

»Hallo, Schwagerherz«, würgte ich heraus und atmete tief durch. »Gib mir doch mal deine Frau.«

Schweigen. »Sie liegt noch im Bett und schläft den Schlaf der Ungerechten und Unwissenden«, sagte er betont. »Soll ich sie wecken?«

»Laß sie schlafen«, antwortete ich noch betonter, »viele Grüße, und ich komm erst heute nachmittag vorbei.«

Im Allibertschrank fand ich noch eine zerquetschte Valium, die konnte ich jetzt gebrauchen. Ich setzte einen Tee auf und blätterte zerstreut in der neuesten Ausgabe von *Dolce Vita*. Tony Cazzone war Heftaufmacher, drei Doppelseiten, schwarzweiß. Der Titel lautete: »Das kaputte, erfolgreiche Leben des Tony Cazzone« und zeigte ihn in halbnackter Pracht (Leopardenslip, Bademantel) auf einem Hotelbett. Darunter stand: »Tony Cazzone allein im *Interconti* von Hannover. Auf dem Nachttisch eine Flasche Grappa. Janis Joplin hat einmal gesagt: ›Wenn ich auf der Bühne stehe, wollen mich 10 000 Menschen vögeln. Im Hotelzimmer bin ich mutterseelenallein.‹ Geht es ihm genauso?«

Die Autorenzeile stand darunter. Ein Bericht von Jenna Wissbach mit Fotos von Marie-Viola Wissbach-Cholewa. Schnell blätterte ich um. Tony sinniert auf einer Brücke, die Gitarre und das Meer. Ein gutes Foto, das Licht stimmte, die Komposition, die Spannung. Marie hatte das Zeug zu mehr als Paparazzi-Einsätzen, das war offensichtlich. Mein Entschluß stand fest — ich würde sie fördern, ihr Kontakte vermitteln, weil sie begabt war und ich etwas an ihr gutzumachen hatte.

Etwas leichter um die Seele wollte ich in meinen Fiat steigen. Der rechte hintere Kotflügel sah im Morgenlicht besonders zerdetscht aus, die Wut stieg wieder in mir hoch. Auf Heller und Pfennig sollte er für einen neuen Kotflügel aufkommen. Wenn er nicht spurte, würde ich meinen Anwalt Schorse Hausmann einschalten, einen ehemaligen Zuhälter und Säufer, der sich in späten Jahren zum Jurastudium entschlossen hatte und jetzt ein schlitzohriger, mit allen Dreckwassern gewaschener Killeranwalt war. Mir war deutlich besser. Wut ist leichter auszuhalten als Scham.

»Hallo, Heinrich«, flötete ich in der Redaktion.

Er saß, wie immer mit gekrümmtem Rücken, an seinem Schreibtisch und hämmerte im Adler-Such-System auf ei-

ner manuellen Schreibmaschine, Baujahr 1937, weil er sich weigerte, den Computer zu benutzen. Zu unsinnlich, meinte er.
»Guten Morgen, gratuliere, Tony sieht gut aus im Heft.«
Kurz blickte er hoch. »Du siehst extrem gut durchblutet aus, ein Mann allein kann dafür nicht verantwortlich sein.«
»Schön wär's«, sagte ich lässig und setzte mich auf seine Schreibtischkante. »Wie läuft's denn mit dir und Sandra? Ist sie zufrieden mit dir?« Die Bemerkung war boshaft, ein Schuß ins Blaue, und das ganz zarte Pflänzchen meines schlechten Gewissens regte sich, als ich die dunkle Röte seinen Nacken hochkriechen und sich bis zu den Ohren ausbreiten sah.
»Du solltest deine Schnüffelnase lieber in berufliche Dinge stecken«, sagte er dann barsch. »Mein Privatleben geht dich erstens überhaupt nichts an, und zweitens habe ich noch nie meinen Füller in Bürotinte halten wollen.«
»Das war auch mal anders«, meinte ich vorlaut und hätte mir auf die Zunge beißen mögen. Warum konnte ich in solchen Momenten nicht meine übergroße Klappe halten?
Heinrich sah mich kühl an. »Ich glaube, du überschätzt dich«, sagte er dann. »War sonst noch was?«
Im Damenklo, wo ich meine schamhaft erglühte Birne unter den Wasserstrahl hielt, traf ich Sandra, die zum Glück nicht mitgehört hatte. Sie stand vor dem Spiegel und musterte ihren Spindelbody, zupfte am — was war's, ein breiter Gürtel, ein Minirock, eine Frechheit? — und strahlte mich an: »Hi, Jenna, gut schaust du aus. 'ne heiße Nacht gehabt?«

War es denn so offensichtlich? Ich wischte mir das Gesicht trocken. »Nee, nur gut geschlafen«, sagte ich und konnte es mir nicht verkneifen, sie zu fragen: »Und selbst? Ist Heinrich noch so gut im Bett wie zu meiner Zeit?«

Sie wurde nicht ganz so rot, ein leichtes, attraktives Rosa, und grinste: »Woher weißt du?«

»Die Spatzen pfeifen's aus den Computern«, flötete ich. »Keine Sorge, meinen Segen hast du.«

Als ich rausgehen wollte, zog sie mich am Ärmel zurück. »Zwischen Heinrich Faltermeyer und mir ist nicht das Allergeringste«, sagte sie fest, »ich weiß, daß mich die Feministenriege in dieser Redaktion nicht leiden kann, aber sie wird damit leben müssen, daß ich mir meine Karriere nicht in der Horizontalen zu erkämpfen brauche.«

Ich bemühte mich um meinen arrogantesten Gesichtsausdruck, der mir normalerweise, nur zwei Stunden nach Kontaktlinseneinsatz, noch nicht zur Verfügung steht.

»Hat mich total überzeugt, Sandra«, lächelte ich liebevoll und ließ noch ein bißchen Gift nachtröpfeln: »Wenn du so gut schreiben wie dichten könntest, würden wir dich sicher noch häufiger gedruckt sehen.«

Noch in der Klotür traf mich ihr Saccharinorgan: »Was ist es heute morgen, Jenna — sind es noch die Tage oder schon die Menopause?«

Da mir nichts, aber auch gar nichts Witziges darauf einfiel, ließ ich die Tür sacht ins Schloß fallen und boxte erst drei Meter weiter zweimal gegen die Wand.

Endlich am Schreibtisch. »Auskunft. Bitte warten Sie.« Was machten eigentlich diese Penner in der Auskunft? Saßen sie stumpfäugig vor den blinkenden Apparaten und dachten — denkste?
Endlich das Freizeichen. »Auskunft, Apparat sieben.«
»Die Nummer von Michael König bitte, Methfesselstraße.«
»49 51 53.« Es klickte nichts bei mir; viele Nummern in der Innenstadt fangen mit 4 an. Ich wählte. »König«, sagte die Stimme, und da klickte es dann ganz gewaltig. Spermie und Schwein waren ein und dieselbe Stimme?
Ich war so geladen, daß ich auflegen mußte. Rachegedanken schossen durch mein übermüdetes Hirn, blitzschnell und brutal. Autoreifen aufschlitzen; ihn von Schorses Jungs ein bißchen aufmöbeln lassen; eine fiese Story über ihn schreiben. Das war's. Ich würde ihm nicht sagen, daß ich Bescheid wußte, ihn zappeln lassen. Zuckersüß würde ich sein und dann als Journalistin zuschlagen.
Ich holte mir einen Kaffee, wählte wieder.
»König.«
»Guten Morgen«, säuselte ich, »hier ist Jenna Wissbach, erinnern Sie sich? Wir haben vor ein paar Tagen miteinander telefoniert.«
»Stimmt, ja«, sagte er, spürbar ohne Enthusiasmus.
»Sie wollten sich überlegen, ob ich Sie interviewen kann«, half ich freundlich nach.
»Tja, also, ich bin im Augenblick ziemlich voll ...«
»Sie haben zuviel getrunken?« fragte ich zuckersüß.
»Mit Terminen, meine ich«, murmelte er.
Ich ließ ihn zappeln. Ein wunderschönes Gefühl. »Sind Sie

noch dran?« fragte ich nach 30 Sekunden. »Geben Sie sich doch einen Ruck, ich verspreche Ihnen noch einmal, hoch und heilig, daß ich Ihren Namen nicht erwähnen werde.«
»Hmmmmm.«
Er überlegt, wie er sich rauswinden kann, dachte ich, aber ihm fiel wohl so schnell nichts Vernünftiges ein. Typisch Mann. Frauen hätten sofort etwas parat gehabt. Sterbende Oma, Zyste am Eierstock, die dringend operiert werden mußte.
»Kann ich also mit Ihnen rechnen?«
»Meinetwegen«, sagte er mürrisch. »Wann dachten Sie?«
»Heute abend würde mir gut passen.« Ich blieb Jenna, die Supercoole, ließ mir meinen kleinen Triumph nicht anmerken. »Kennen Sie das *Fra Angelico* in der Haynstraße?«
»Noch nie gehört, aber ich find's schon.« Er wußte, daß er geschlagen war. »Ich hab um sechs einen Termin, gegen acht wäre gut.«
»Wunderbar«, lachte ich. »Bringen Sie Appetit mit, der Koch ist großartig.«
»Ich habe immer Hunger« lachte er zurück.
Seine Stimme gefiel mir wirklich außerordentlich gut.

Michael

Sie hatte mich reingelegt. Wütend knallte ich den Hörer auf die Gabel.
»Willst du wirklich dein peinliches Hobby in der Presse breittreten?« fragte Inken süffisant, die ungeniert mitgehört hatte.

Irritiert schaute ich hoch. »Erstens ist es kein Hobby, sondern ein wertvoller Service für viele Ehepaare, die ungewollt kinderlos sind, zweitens wird mein Name nicht erwähnt. Der Artikel wird dich also nicht als Freundin eines gewissenlosen Berufswichsers bloßstellen.«
Sie rümpfte die Nase. »Wie proletig du sein kannst«, giftete sie und verschwand in der Küche.
Ich schaute ihr nach und wußte plötzlich, daß es nur noch eine Frage der Zeit war, bis ich mir eine neue Wohnung suchen mußte. Diese Sache hier haute einfach nicht hin, ich liebte sie nicht mehr, sie mich wahrscheinlich noch weniger, als sie sich zugestand. Abends kamen jetzt öfter Anrufe, bei denen sofort aufgeknallt wurde, wenn ich ranging, ein untrügliches Zeichen. »Hast du einen neuen Lover?« hatte ich sie gefragt, zu meinem Erstaunen völlig ohne Eifersucht. »Kannst du denn nur an Sex denken?« fauchte sie zurück, was in meinen Ohren ein klares Bekenntnis war. Ich würde mich mal umschauen, Freunde fragen; in meinem Fitneßclub gab es ein Schwarzes Brett, auf dem auch Wohnungsanzeigen hingen.
Ihre Stimme hatte nett geklungen, leicht heiser, was ich sexy fand. So Richtung postkoitale Zigarette mit viel Spaß vorher. Schade, daß sie Journalistin war und ich vor ihr auf der Hut sein mußte. Ich würde streng an mich halten, ihr viel Scheiß erzählen und nur das absolute Minimum über mich. Außerdem würde ich 500 Mark Honorar Vorauszahlung verlangen. Ich brauchte dringend neue Reeboks.

Marie

Ich fühlte mich wie Scarlett O'Hara am Morgen nach der Nacht, wo Rhett Butler sie betrunken die Treppe mit dem dunkelroten Läufer raufträgt. Absolut göttlich. Gut gevögelt, dazu mit einem superreinen Gewissen, weil ich dem überreifen Charme eines gewissen Schnulzenfuzzis heldinnenhaft widerstanden hatte. Christoph hatte die Kinder in ihre jeweiligen Spiel- und Kindergartengruppen gebracht, auf dem Küchentisch standen eine Thermoskanne Tee und frische Brötchen, die neueste Ausgabe von *Dolce Vita* lag aufgeschlagen daneben.

Meine erste Doppelseite. Fast ehrfürchtig schaute ich sie an. Sie hatten natürlich das Schweinefoto ausgesucht, ein halbnackter, etwas quellbäuchiger Tony auf dem Hotelbett, der mit einem »Komm her, Alte, laß uns vögeln«-Blick in die Kamera schaut. »Das kaputte, erfolgreiche Leben des Tony Cazzone.« Gefiel mir. Meine dicke Fotozeile, auch die erste, ganz besonders.

Mit der Teetasse in der Hand ging ich in Christophs Arbeitszimmer, wo ich meinen Gatten nicht, wie erwartet, über seine Karikaturen gebeugt vorfand, sondern sinnierend am Fenster stehend. Dachte er an die letzte Nacht? Wie romantisch. Ich trat hinter ihn, umschlang seine Taille, er zuckte leicht zusammen.

»Du bist schon wach?« fragte er, wie gestört.

»Ich konnte nicht mehr schlafen«, sagte ich und blinzelte ihn scarlettmäßig an. »Woran werkelst du?«

»An Schäuble, aber ich krieg die Augenpartie nicht hin«, antwortete er. »Deine Schwester hat angerufen, sie schafft es nicht zum Frühstück, ruft dich später an.«

Schade, dachte ich; da sie über mein in letzter Zeit so mickriges Sexleben bis in die Schamspalte informiert war, hätte ich gern meine nächtlichen Höhepunkte (Plural) mit ihr beim Frühstücksbrötchen nachgeschmeckt. Ich wußte, daß sie sich mit mir freuen würde. »Ich finde deinen Mann durchaus sexy«, hatte sie seit ihrem Geständnis schon öfter gesagt, wahrscheinlich, um mir wieder Appetit zu machen. »Keiner von denen, die ich von der Bettkante schubsen würde.«

Ich rief sie an.

»Wissbach.« Ihre Stimme klang gehetzt.

»Sweetie«, sagte ich und konnte plötzlich das Wasser nicht mehr halten: »Ich hab die tollste Nacht hinter mir, unglaublich.«

Sie sagte gar nichts, wahrscheinlich war sie nicht allein.

»Stör ich?« fragte ich.

»Du hast also tatsächlich mit Tony gepennt.« Ihre Stimme klang streng, fast so, als sei sie eifersüchtig. »Hattest du wenigstens was dabei? Der Mann ist eine wandelnde Geschlechtskrankheit.«

Ich ärgerte mich über ihren vorwurfsvollen Ton, sie war schließlich auch nicht Mutter Teresa. »Welche Laus ist dir denn heute morgen über die strapazierte Leber gelaufen? Außerdem hab ich überhaupt nicht mit Tony. Mein Gatte war der Glückliche.«

»Christoph?« fragte sie nur. Merkwürdiger Ton.

»Ja, Christoph, wer sonst, ich bin schließlich keine Bigamistin.«

»Schön für euch.« Cool, cool. Sie war stinkig, warum? »Marie«, sagte sie dann, »ich hab heute morgen verdammte Kopfschmerzen, Ärger im Büro. Sei mir nicht böse, ich ruf dich heute nachmittag an, okay?«

»Okay«, sagte ich verwirrt.

»Jenna ist stinkig, ihr habt doch keinen Krach gehabt?« rief ich in Richtung Big C.

Keine Antwort. Ich wiederholte meine Frage vor seinem Schreibtisch. »Wie kommst du darauf?« brummte er und beugte sich noch tiefer über Schäubles Stirnrunzeln.

»Nur so«, meinte ich.

Irgendwie war meine strahlende Laune verflogen. Im Bad stolperte ich über eine Monatsbinde, die mein Jüngster halb auseinandergepflückt hatte. Wann hatte ich eigentlich zuletzt meine Tage gehabt? Aufgrund meines rachitischen Sexlifes verhütete ich nicht mehr, und da ich einen regelmäßigen Zyklus habe, konnte ich auf glitschige Gummischeiben und schmierige Antispermasalber verzichten. Also wann? Das Wochenende bei Freunden auf dem Land fiel mir ein, und wie wir Frauen das gesamte Badezimmer nach Monatsbinden durchwühlt hatten, um dann endlich beim Bahnhofskiosk fündig zu werden.

»Wann waren wir eigentlich bei den Fehrs?« rief ich.

»Vor zwei Wochen«, rief Rhett Butler zurück. Eine leichte Beunruhigung blieb leicht. Es müßte schon mit dem Teufel zugehen.

Anneliese

Er sah wieder wie ein rosiger barocker Engel aus. Seit vier Monaten waren wir jetzt zusammen, und es war besser denn je. Ich hatte vor zwei Wochen einen Termin bei meinem Schönheitschirurgen gehabt, der mir ein bißchen Fett vom Kinn abgesaugt und meine Falten mit Collagen aufgefüllt hatte; beides war gelungen und machte mich mindestens zehn Jahre jünger. Und da mein Busen für eine Frau meines Alters noch ungewöhnlich knackig war, hatte ich zwecks Angleichung bereits ein weiteres Date für Bauch und Oberschenkel. Diese kleinen Eingriffe dienten ausschließlich meinem Wohlbefinden, denn Jo hatte mir noch nie zu verstehen gegeben, daß ihn unser Altersunterschied störte. Noch nie hatte er über meine Schenkel gestrichen und etwas von Flußlandschaft gemurmelt oder »Wo kommen denn diese dicken, weißen Streifen auf deinem Bauch her?« gemurmelt. Wir waren richtig glücklich miteinander, sogar meine Doppelkopfschwestern hatten ihn akzeptiert. Wenn eine von ihnen keine Zeit hatte, sprang er ein. Er war Teil meines Lebens, und wenn er, was selten vorkam, morgens die Brötchen holte, machte Frau Ellerbrock, die Bäckerin, keine dummen Bemerkungen mehr. Auch mich fragte sie nicht länger spitzmäulig nach meinem »jugendlichen Bekannten«.

Und nun wollte ich ihn ganz offiziell machen, ihn meinen Töchtern als mittelfristigen Familienzuwachs vorstellen. Dinnerparty. Ich bin eine gute Köchin, meine Spezialität liegt im gemäßigt Deftigen. Sauerkrautknödel und saure Nieren, Bratkartoffeln mit Matjes in Yoghurtsauce. Beide Töchter hatten zugesagt, sie trieb die Neugierde.

Ich saß gerade am Küchentisch und stellte eine Einkaufsliste zusammen, als mich Jo von hinten auf den Nacken küßte.
»Was schreibst du«, fragte er, »eine deiner berühmten Listen?«
»Ich hab Jenna und Marie zum Abendessen eingeladen«, sagte ich vorsichtig. »Ich möchte, daß du sie endlich kennenlernst.«
»Wird es anstrengend?« fragte er. »Werden sie mir die Augen auskratzen?«
»Da beide ungefähr dein Alter haben, kannst du mit dem Schlimmsten rechnen«, frotzelte ich. »Und wenn du Jenna schöne Augen machst, kratz ich dir deine aus, hast du mich verstanden?«
»Zu Befehl, Frau Oberst«, lachte er, nahm mich in die Arme, und ich vergaß meine Liste.

Tony und Marie

Im Grunde wollte er nur das letzte Wort haben: ein tiefgefrorenes. »Ich wollte mich vernünftig von dir verabschieden. Mach's gut, mach's besser beim nächstenmal.« Tony saß auf einem *Interconti*-Bett irgendwo in Deutschland, ein leichter Kater hockte hinter seiner Stirn, und er fühlte sich einsam und schlecht gelaunt. Seine letzte Platte *»Amore unterm Regenbogen«* rangierte bloß auf Platz 18 der deutschen Hitparade, das Leben bestand im Augenblick nur aus Überdruß und vager Wut. Er wählte. Es war acht Uhr abends, sie würde zu Hause sein.

»Hallo, hier ist Stephanie Wissbach.«
Eins ihrer Gören, auch das noch. Kinderhaß stieg in ihm hoch. Alle seine Kinder, bis auf eins, schwebten als ungeborene Seelen im Himmel. Er quetschte Süße in seine Stimme: »Kann ich bitte mal deine Mami sprechen?«
»Wer bist du denn?« fragte sie zurück.
»Ich bin Tony Cazzone«, antwortete er, eine Spur verlegen.
»Der Sänger?« kam es neugierig zurück. »Mein Papi sagt, du bist 'ne Schmalzdrüse. Kann man da draufdrücken?«
Er widerstand dem Impuls, einfach aufzulegen. Das war seiner nicht würdig, er hatte schon lächerlichere Situationen gemeistert. »Ich singe romantische Lieder, das meint dein Papi wahrscheinlich. Ist denn deine Mami zu Hause?«
»Ist sie schon, aber sie und Papi haben eine Besprechung im Schlafzimmer und wollen nicht gestört werden, nur wenn es ganz dringend ist. Soll ich mal klopfen?«
Er dachte kurz nach, aber da er heute abend Misanthrop war, sagte er: »Es ist tatsächlich dringend, holst du sie bitte?«
Fünf Minuten später: »Hallo?«
Aha, beim ehelichen Sex gestört, das konnte er als Fachmann deutlich hören.
»Hab ich gestört?« fragte er überflüssigerweise.
Pause. »Ja, das hast du«, sagte sie dann ehrlich, »was gibt es denn?«
Es gab nichts, zumindest nicht mehr zwischen ihnen. Plötzlich war er schrecklich müde. »Mach's gut«, sagte er, »und mach's besser beim nächstenmal.«
Sie lachte leise. »Es war trotzdem schön«, meinte sie, dann legte sie auf, und er griff zum Adreßbuch.
Marianne d. t. – »Hallo, Marianne, *long time no love.* Ich

bin's, Tony. Genau, *der* Tony. Tut mir leid, daß ich mich so lange nicht gemeldet habe, was nicht bedeutet, daß ich nicht oft an dich gedacht habe. Die Nacht in Mannheim war wahnsinnig, ach so, natürlich, in Stuttgart, egal, hast du heute abend Zeit? Wunderbar. Laß den Slip zu Hause. Du hast 'ne Blasenentzündung? Ach so, dann laß ihn an. Bis dann, ich freu mich.«

Jenna und Michael

Da es ein Geschäftsessen war, wartete sie bereits auf ihn; schicke zehn Minuten zu spät kam sie nur privat. Im Recorder steckten neue Batterien, unter der Serviette klemmte diskret ein Notizblock mit Kugelschreiber. Ein Glas Weißweinschorle stand vor ihr, mehr würde sie sich nicht genehmigen. Sie freute sich schon auf sein Gesicht. Es war zwar stockdunkel gewesen bei jener Begegnung, aber sie war sicher, daß er sie sofort wiedererkennen würde. Sie dagegen würde die Ahnungslose spielen und ihn rösten lassen.

So sehr war sie in angenehme Rachegedanken vertieft, daß sie ihn nicht hereinkommen sah. Erst als er mit dem Kellner vor ihrem Tisch stand, blickte sie hoch, direkt in sein leicht gebräuntes, sehr beherrschtes Gesicht. Die kurze optische Bestandsaufnahme fiel zur beiderseitigen Zufriedenheit aus.

ER DENKT:

Da ist kein Irrtum möglich. Gute Frau, nicht mehr so ganz mein Jahrgang, aber noch toll in Schuß. Wenn sie aufstehen würde, könnte ich die Titten besser sehen. Die Lachfalten um die Augen gefallen mir, hoffentlich hat sie wirklich Humor.

SIE DENKT:

Das ist er. Ich werd wahnsinnig — der Nebentäter aus Dr. Ahrends' Praxis? Könnte ganz knapp mein Sohn sein, toller Oberkörper, bestimmt macht er Bodybuilding. Die Augen? Die Jeans sitzt reichlich eng, sicher nicht gut fürs Geschäft.

Sie schüttelten sich die Hände, alle zwei ein wenig glibschig. Er setzte sich, bestellte ein Beck's-Bier.

»Darf ich rauchen?« fragte er höflich, während er bereits die Zigarette aus der Schachtel klopfte.

»Natürlich«, sagte sie und schob den Block ganz unter die Serviette. Er sollte nicht das Gefühl haben, sich seine Worte überlegen zu müssen.

Während er die Zigarette anzündete, musterte sie ihn. Er wirkte gelassen; nichts in seinem Gesichtsausdruck deutete darauf hin, daß er in ihr die Frau wiedererkannte, die er in seiner Autoscheibe eingeklemmt hatte, nachdem er ihren Fiat viertel zu Schrott gefahren hatte. Sie dagegen wußte genau, daß sie sich nicht irrte. Wut schoß nachträglich in einer heißen Welle in ihr hoch, aber sie beherrschte sich.

»Schön, daß Sie gekommen sind«, sagte sie. »Wollen wir erst bestellen und dann reden?«

»Ist mir sehr recht«, antwortete er schnell. Jeder Aufschub war ihm lieb. Beide bestellten Spaghetti pescatore, was die Spannung am Tisch ganz leicht milderte. Gleicher Geschmack also.

»Dieses Gespräch ist schwierig für mich«, meinte er dann und sah ihr offen ins Gesicht, vertrauensvoll, blinzelfrei.

Was für ein guter Schauspieler er ist, dachte sie.

»Sie sind der erste Mensch, dem ich davon erzähle, selbst bei meiner Freundin bin ich vorsichtig.«

Er war also vergeben. Warum durchzischte sie ein leises Gefühl der Enttäuschung?
»Sie sind ein junger, gesunder Mann, dem die Welt offensteht. Gibt es keine anderen Verdienstmöglichkeiten für Sie?«
Unter dem Tisch hatte sie den Recorder angestellt, zwischen ihren Brüsten hing ein hochsensitives Mikrofon. Normalerweise benutzte sie diese James-Bond-Ausrüstung nur in sehr brisanten Fällen, bei Drogenhändlern oder Zuhältern, aber sie hielt Vorsicht in diesem Fall für angebracht. Sie war ganz sicher, daß sie sich nicht täuschte. Die Stimme, das Gesicht, die dunklen, leicht gewellten Haare, der bemüht unterdrückte sächsische Akzent — ob er sich nur schwer beherrschte, oder ob durch seine Nebentätigkeit sein Gedächtnis sozusagen in die Hose gerutscht war?
Er schwitzte Blut und Wasser. Warum war sie so nett zu ihm und schrie ihn nicht vor allen Leuten zusammen? Warum kippte sie ihm das Beck's nicht ins Gesicht? Welchen teuflischen Plan verfolgte sie? Plötzlich schöpfte er Hoffnung. Vielleicht pieselte er sich hier ja ganz umsonst in die Hose, vielleicht erkannte sie ihn gar nicht? Er holte tief Luft und beschloß, ihr, falls sie ihm nichts tat, ein richtig gutes Interview zu geben. Sicher war sie auch eine dieser emanzipierten Ehrgeiz-Elsen, denen der berufliche Erfolg über alles ging. Eine Hand wusch die andere.
»Ich bin Samenspender, weil ich ein bißchen Gott spielen wollte«, sagte er und war stolz auf diesen Satz. Warum schrieb sie nicht mit? Fand sie ihn dumm?
Er wurde unsicher. Sie schaute ihn abwartend an, ein amüsiertes Lächeln umspielte ihren Mund, dessen knallroter Lippenstift inzwischen am Weinglasrand klebte. Er hätte gern am Glas geleckt.

»Bitte erklären Sie das«, bat sie ihn und blies ihm den Rauch ihrer Kim mitten ins Gesicht. Wäre ihr Gesicht weniger konzentriert gewesen, hätte er das für eine leichte Anmache gehalten.

»Sie wissen sicher, daß jedes sechste Ehepaar ungewollt kinderlos ist«, begann er und sah zu seiner Befriedigung, daß sie den Block herausholte. »Adoption ist schwierig, und wenn es am Mann liegt, bin ich die einzige und bequemste Lösung.«

Sie überlegte. Was er sagte, klang soweit vernünftig. »Wirkt sich Ihre Nebentätigkeit nicht auf Ihr Sexualleben aus?« fragte sie dann, und kritzelte ein bißchen auf ihrem Block herum.

»Meine Freundin und ich trennen uns gerade«, erklärte er. Warum ausgerechnet ihr? Irgend etwas trieb ihn, vielleicht der V-Ausschnitt ihres Pullovers, der ihm jetzt frontal einen befriedigenden Einblick gewährte. »So oft spende ich ja außerdem nicht, im Durchschnitt höchstens einmal pro Woche«, fuhr er fort, »mein Spermavolumen ist ungewöhnlich, sagt Dr. Ahrends.«

»Wie schön für Sie«, meinte Jenna mit funkelnden Augen.

Er schaute auf seinen Teller, sein Gesicht rötete sich leicht.

»Haben Sie mal an all die Kinder gedacht, die Sie inzwischen wahrscheinlich gezeugt haben, wie viele kleine Michis und Michaelas herumlaufen, die sich in 20 Jahren vielleicht verlieben und nicht wissen, daß sie Halbgeschwister sind?«

Daran hatte er tatsächlich noch nie gedacht. »Ein gewisses Risiko«, gab er zu, »das alle Betroffenen eingehen müssen.«

Er war inzwischen beim dritten Bier angelangt, sie von

Schorle auf Weißwein umgestiegen. Eine gewisse, sehr erträgliche Leichtigkeit des Seins breitete sich aus.
»Warum schreiben Sie nicht mehr mit?« fragte er und zeigte auf ihren halbleeren Block, den inzwischen Weißwein- und Tomatensaucenflecken zierten.
»Ich hab ein gutes Gedächtnis«, sagte sie lächelnd. »Ich merk mir alles, was wichtig ist. Entschuldigen Sie mich bitte.«
Sie ging zum Klo, erstens sowieso, zweitens, um die Kassette umzudrehen.
Als sie weg war, schob er schnell den Block zu sich rüber und blätterte die ersten drei Seiten durch. Kritzelmännchen auf der ersten, Kreise auf der zweiten, ein Satz auf der dritten. Eine Frage vielmehr: »Ob er wohl gut im Bett ist???«
»Worüber lachen Sie?« fragte Jenna, als sie zurückkam.
»Über das Leben«, sagte er nur. »Krieg ich auch noch Nachtisch?«
Sie war zu angeschwipst, um Süßes zu essen, aber als seine Mousse au chocolat vor ihm stand, steckte sie kurz ihren Löffel rein.
Es fiel ihr immer schwerer, sich zu konzentrieren. »Das Gespräch war sehr aufschlußreich«, sagte sie und versuchte, das leichte Rauschen in ihren Ohren zu übertönen, »aber ich muß jetzt nach Hause. Haben Sie noch einmal Zeit für mich?«
Zu seinem Erstaunen stellte er fest, daß er Lust auf ein zweites Treffen hatte. Er überlegte sich, ob er ihr reinen Wein einschenken und sie fragen sollte, ob sie ihn erkannt hatte, entschied sich aber dagegen. Einen so unerwartet witzigen Abend zerstörte man nicht durch überflüssige Bekennerwut.

»Darf ich Sie nach Hause bringen?« fragte er, während sie ihre American Express zückte. »Ich bin noch fahrtüchtig.«
»Wollen Sie damit andeuten, daß ich es nicht mehr bin?« fragte sie scharf zurück, überlegte es sich dann aber anders: »Wenn Sie mich jedoch in meinem *Fiat* nach Hause fahren wollen, das wäre nett.«
In seinem Gesicht bewegte sich kein Muskel. Sie gingen auf die Straße, der Fiat stand auf der anderen Straßenseite, eingekeilt von zwei Porsches.
»Verstehen Sie etwas von Autos?« fragte sie zuckersüß und zeigte auf den rechten Kotflügel. »Ein Idiot ist mir hier reingefahren und hat sich dünne gemacht.«
Er schüttelte den Kopf. »Es gibt schon Schweine«, sagte er.
Sie sah ihn freundlich an. »Ich hab mir zum Glück sein Autokennzeichen gemerkt, und da ich gute Kontakte zur Verkehrspolizei habe, werde ich morgen seine Adresse haben. Der wird sich wundern, dieses Arschloch.«
Michael musterte den Kotflügel lange. »Wissen Sie was«, schlug er dann vor, »ich habe einen Freund, der 'ne Werkstatt hat. Der fixt Ihnen die Beule fürn Fuffie.«
»Keine schlechte Idee«, überlegte sie, »würden Sie das für mich erledigen? Ich bin die nächsten Tage völlig ausgebucht.«
»Mach ich gern für Sie«, sagte er schnell und meinte es absolut ehrlich. »Und jetzt bring ich Sie nach Hause.«

»Wir sind da«, rief Jenna. »Ein Parkie direkt vor der Tür, mein Glückstag.« Sie stiegen aus. Eine kleine, klebrige Verlegenheit. »Vielen Dank«, sagte sie, und die Frage rutschte aus ihrem Bauch, ehe ihr kühler Kopf sie verhindern konnte: »Wollen Sie noch eine Tasse Kaffee mit mir trinken?«

Es war ihr klar, daß sie es genauso meinte, wie es vermutlich bei ihm ankam, eindeutig, einladend. Sie schaute ihn an, und zu ihrer abgrundtiefen Verlegenheit schüttelte er bedauernd den Kopf. »Vielen Dank«, meinte er, »aber es ist schon spät, und ich hab morgen ein Date mit Dr. Ahrends. Vielleicht ein andermal.«
Er streckte seine Hand aus, sie griff zu, und etwas passierte, als sie sich berührten. Ein taktiler Kurzschluß; die Reibungsfläche war so heiß, daß beide ihre Hände fast ruckartig wieder zurückzogen.
»Also dann«, sagte er zögernd, »rufen Sie mich an.«
Ihre Antwort war so kühl, wie ihr gesamter Körper plötzlich in Flammen stand: »Mach ich. Gute Nacht.«
Im Treppenhaus hielt sie sich am Geländer fest, während sie die Stufen zu ihrer Dreizimmerwohnung im Hochparterre hochstieg. Auf ihrem Schreibtisch blinkte das rote Licht des Anrufbeantworters. Pflichtbewußt drückte sie die Abhörtaste, obwohl sie lieber ungestört gewesen wäre. Fluch der Technik. »Jenna, hier ist deine Mutter. Nimm dir bitte nächsten Sonntag abend frei, ich will euch jemanden vorstellen. Dinner bei mir? Keine Ausrede zählt.« — »Alte, wo steckst du, ruf mich an.« Marie. Sofort meldete sich das schlechte Gewissen wieder. Christoph hatte zwar Entwarnung gegeben, aber das machte den Druck auf ihrer schwarzen Seele nicht kleiner.
Sie holte sich eine Flasche Bier aus dem Kühlschrank, dessen Mickerinhalt jede Maus zum Frustjaulen gebracht hätte, ein tiefer Schluck — Scheiße, keine Zigaretten mehr — dann wählte sie. Bis Mitternacht konnte sie anrufen, das war gegenseitiger schwesterlicher Konsens. Es war fünf vor.
»Hallo?«

Schmetterlinge im Bauch. Lächerlich. Es war Marie, verdammte Kiste. »Schwesterherz, hab ich dich geweckt?«
Seufzen, lustvolles. Marie flüsterte: »Wir waren gerade eingeschlafen. Was gibt's?« Es raschelte in der Leitung, Marie räkelte sich in Position. Sie war jetzt hellwach, mitteilungsbedürftig. »Chris und ich machen gerade eine Frühjahrskur«, wisperte sie verschwörerisch. »In der alten Eiche steckt noch Saft, den ich nicht vermutet hätte.«
»Eiche? Wovon sprichst du?«
Marie lachte: »Auf deutsch und deftig, meine Süße, ich erlebe gerade wilde Nächte, und das mit meinem eigenen Mann. Wahrscheinlich hat er irgendwo eine Geliebte, die ihn auf Trab bringt.« Marie kicherte, amüsiert und überlegen. Christoph, der Pantoffelheld; sie war sich seiner so sicher wie der Regelmäßigkeit ihrer Tage.
Jenna wartete auf die kleine Stichflamme der Eifersucht, aber es kam nichts. Im Gegenteil — sie war erleichtert, wie nach einer Beichte. Ja, fast war sie ein bißchen stolz, als hätte sie die ehelichen Laken im Hause Wissbach-Cholewa selbst zum Glühen gebracht. Hatte sie ja auch. »Schön für dich«, sagte sie deshalb einfach und meinte es ehrlich. »Mein Abend war auch nicht ohne.«

Michael

Als ich die Haustür aufschloß, wußte ich sofort, daß sie ausgezogen war. Noch bevor ich den Zettel las, der wie in einem schlechten Film natürlich auf dem Küchentisch lag. »Michael«, stand da kurz und bündig, »wir wissen beide, daß es nicht mehr hinhaut. Deshalb — lieber ein Ende ohne Schrecken als ein Schrecken mit Ende, oder hieß es anders? Egal — ich hab meine Sachen eingepackt; den Schwarzweißfernseher, der, wie Du weißt, von meiner Oma stammt, kannst Du behalten, dafür hab ich Deine alten Stones-Alben mitgenommen, die eh nichts mehr wert sind. Da ich im Augenblick keine Lust auf nerviges Beziehungsgefasel habe, obwohl ich eine Frau bin (sic?), kriegst Du keine Telefonnummer von mir. Ich melde mich irgendwann mal wieder. Mach's gut, und paß auf Dein Sperma auf.«

Keine Unterschrift. Supercool. Die Wohnung war so leergeräumt wie nach einem Umzug, nur chaotischer. Weiße Flecken mit speckigen Rändern an der Wand, wo früher Poster und Bilder hingen; sogar die Rolle Klopapier, die zugegebenermaßen sie bezahlt hatte, war weg. Fürsorglich hatte sie eine Zeitung auf den Wasserkasten gelegt. Als ich das Schlafzimmer betrat, war ich auf alles gefaßt, doch *surprise, surprise:* Das Kingsize-Bett, das eindeutig sie mit in unseren Beziehungsabschnitt gebracht hatte, stand noch da, nur ihr Bettzeug fehlte. Auf meinem Kopfkissen lag ein Zettel: »Das Bett kannst Du behalten, als Spielwiese für unbezahlte ›Einspritzungen‹, die meine Nachfolgerin hoffentlich häufiger genießt als ich.«

Ich mußte lächeln; eine letzte Giftspritze, die sie sich nicht verkneifen konnte. Eins nahm ich mir fest vor: Meine nächste Freundin, die ich mir nach einer längeren, sehr promiskuitiven Phase — natürlich nur mit Kondomen — suchen würde, müßte für meinen Job Verständnis haben. Falls ich ihn dann noch ausübte, worüber ich mir keineswegs sicher war. Ich legte mich ins verwaiste Bett, und ein

knochentiefes Gefühl der Erleichterung schmiegte sich um meine Seele. Es war wirklich besser so. Ein Lebensblatt umgedreht, ein neues konnte frisch beschrieben werden.
Kurz bevor ich einschlief, tanzten wilde Bilder vor meinen Augen. Auf dem letzten klemmte eine Frau mit kußfreundlicher Unterlippe in meinem Autofenster, ich zog sie rein, wir landeten auf dem Rücksitz, dann tauchte sie weg.

Jenna

»Welch Glanz in meiner armen Hütte? Tritt ein, wie geht's den Unfruchtbaren?« frotzelte Heinrich Faltermeyer, aber es klang friedlich. Er hatte die letzte Nacht mit einer alten Flamme verbracht und jetzt zumindest das Gefühl, daß sie auch etwas davon gehabt hatte. Wie konnte man das schließlich ganz genau wissen? Jenna hatte ihn ja diesbezüglich mit einer Genauigkeit aufgeklärt, die ihn nachhaltig verstörte. Lautes Seufzen, ekstatische Kratzspuren auf dem Rücken besagten überhaupt nichts, soviel wußte er leider. Auch eine gewisse Feuchtigkeit konnte mit diskreter Lotion vorgetäuscht werden. Auf nichts war mehr Verlaß. Und trotzdem — Petra und er hatten viel Spaß gehabt, besonders in der Badewanne, auf deren Ränder sie alle seine Teelichter drapiert hatte. Er war deshalb gut durchblutet und in frauenfreundlicher Stimmung, auch die finstere Runzel auf der Stirn von Jenna, die er sonst fürchtete, konnte ihm an diesem Morgen nichts anhaben.
Er schob die Unterlagen auf seinem Schreibtisch zur

Seite, sie setzte sich. Ein diskreter Blick auf ihren Busen, er stutzte. Da er ihn, zumindest bekleidet, gut kannte, fiel ihm auf, daß er leicht geschwollen aussah. Ob sie sich heimlich eine Silikoneinlage hatte verpassen lassen?

»Die Story läuft gut«, sagte Jenna, die seinen Blick bemerkt hatte und energisch die Arme über dem Busen kreuzte. »Mein Samenspender gibt wirklich viel her, da hab ich Glück gehabt.«

»Meinst du das beruflich oder privat?« fragte Heinrich.

Jenna lächelte. Ach, wie gut, daß er nicht weiß ...

Sie hatte den Tisch gerade fertig gedeckt, als es an der Tür klingelte. Das dritte Treffen, eigentlich war beruflich alles gesagt, aber sie hatte noch ein paar »Unklarheiten, die wir beim Dinner besprechen können« vorgeschoben und ihn zu sich eingeladen. Grund: Auch beim zweiten Gespräch, diesmal in ihrem Büro, hatte es deutlich gefunkt. Dabei war Jenna schwer und vor allem nicht schnell entflammbar. Wann hatte ihr das letzte Mal das Herz so penetrant durch die Rippen geklopft? Wann hatte sie das letzte Mal vor Aufregung einen (nur einen?) Tropfen in den Slip gepiet? Inzwischen wußte sie über Michaels Mutter Bescheid, die in Leipzig als Lehrerin gearbeitet hatte und jetzt ihre mickrige Sozialhilfe als Putzfrau aufbesserte, sie wußte, daß sein älterer Bruder Karlo wegen angeblicher Zuhälterei sechs Monate im Knast war — unschuldig natürlich, denn die Mädchen waren seine Freundinnen, die es freiwillig taten und ihm gern etwas abgaben —, sie wußte, daß er seiner Nebentätigkeit am liebsten im Bett nachging und dabei immer eine Vorliebe für ältere Frauen gehabt hatte. Dieses Geständnis hatte ihm zunächst einen bösen

Blick von ihr eingehandelt, den er blitzschnell mit »Ich meine richtig älter, so Ende Dreißig, Anfang Vierzig«, parierte. Sie wußte zwar, daß er log, aber sie erkannte durchaus auch eine jugendliche Anmache, wenn sie versucht wurde. Der Abschiedshändedruck in ihrem Büro war so lang ausgefallen, daß sie richtiggehend auseinanderglibschten. Also dann, wisch, wisch. Vielen Dank fürs Gespräch, wisch, wisch. Ich ruf Sie an, wisch. Okay, wisch.

»Tolle Wohnung«, lobte er.

»Ich hab Glück gehabt«, sagte sie.

Ihr Busen spannte wie verrückt, ein merkwürdiges Gefühl. Ob das schon die Wechseljahre waren? Bei Anneliese waren die ersten Anzeichen schon Ende Dreißig gekommen, aber fing es so an? Und die Tage? Sie waren noch nie besonders regelmäßig gewesen, Jenna machte keine Kreuzchen, insofern wußte sie nicht, wie überfällig sie war. Ein paar Tage, zwei Wochen? Wie unbewußt drückte sie ihren Busen mit den Händen flach, lächelte Michael freundlich an. »Was darf ich Ihnen anbieten? Wein, Bier, Schnaps?«

Beeindruckt schaute er sich um, sein Blick streifte das dunkelgraue Eileen-Gray-Sofa, den Couchtisch aus Plexiglas, in dem Goldfische schwammen, die tiefen, neumexikanischen Sessel. Vorsichtig nahm er in einem Platz und versank wohlig. Das war wahrlich ein anderes Gerät als das abgewetzte Ikea-Sofa mit Blümchenstoff, das ihm Inken gnädig überlassen hatte.

»Ein Bier, bitte.«

Tolle Figur, dachte er, als sie in die Küche ging. Das Bier war eiskalt, wie er es liebte. Ein tiefer Schluck. Aus dem Backofen drangen köstliche Düfte.

»Ich habe Lammkeule mit Kartoffelgratin gemacht«, erklärte Jenna lässig, die seinen Blick bemerkt hatte, »geht schnell, schmeckt gut. Ich hoffe, Sie mögen es.«

»Mein absolutes Lieblingsessen«, sagte er mit Überzeugung, und eine Stunde und sämtliche abgenagten Lammknochen später wußte Jenna, daß dieser Bubi, dem die Eierschalen noch hinter den Ohren klebten, der Sneakers trug, die sie zuletzt auf dem Schulhof getragen hatte, derjenige war, mit dem sie den Rest ihres Lebens verbringen wollte. Und wenn das nicht möglich war, dann zumindest die kommende Nacht.

Lag diese Neigung zur Wiegenschändung womöglich in der Familie? Am nächsten Wochenende würde sie die Einladung ihrer Mutter durchstehen müssen, die Marie und ihr einen gewissen Jo (ein Name, der nach Gigolo oder Croupier klang) vorstellen wollte. Ob sie nach der Hochzeit, zu der es nur über ihre Leiche kommen würde, Papi zu ihm sagen mußte? Doch diese Jungen, Unverkorksten hatten ja wirklich ihre besonderen Reize. Noch nie hatte ein männlicher Gast so ungeniert zugegriffen wie dieser hungrige Samenspender.

Bratenfett tropfte lustvoll über sein Stoppelkinn, er leckte sich die Finger ab: »Sie sind eine tolle Köchin, Jenna«, meinte er. »Was gibt's zum Nachtisch?«

»Eis mit heißen Himbeeren.«

Ein plötzliches Übelkeitsgefühl trieb sie ins Badezimmer. Sie lehnte sich übers Klobecken und würgte. Sekunden später lag das gesamte Abendessen in der Wasserpfütze. Schweißgebadet kam sie hoch, wischte sich die Stirn. Was war los mit ihr? Ein Virus? Woher?

Es klopfte an der Tür. »Alles in Ordnung?« rief Michael.

Sie putzte sich die Zähne, langsam wich die üble Welle, sie fühlte sich wieder normal. Aus dem Spiegel schaute eine hohläugige Wasserleiche. »Alles klar«, sagte sie, als sie rauskam, »ich würde mich nur gern ein bißchen hinlegen. Tut mir leid.«
Sie taumelte zum Sofa. Schon wieder Sofa, dachte sie, als sie ein Kissen unter dem Kopf zurechtknuddelte, jeder Mann sieht mich in letzter Zeit in der Couchhorizontalen. *Sofa?* Womöglich war sie schwanger? Sie setzte sich auf, Bauch und Kopf vibrierten.
Wie lange war das unselige Zusammentreffen her? Sie hatte es so gründlich verdrängt, daß es ihr nicht sofort einfiel. Grübel, grübel.
»Soll ich lieber gehen?« Michael saß etwas ratlos auf der Sofakante. Der Abend hatte eine unerfreuliche Kurve genommen. Sie lag fix und foxi vor ihm statt rosig-geil in seinen Armen. War er schuld, hatte er sich ungeschickt verhalten? Ihre Augen waren geschlossen, die Lider zuckten. Er beugte sich über sie — scheiß der Hund drauf, man lebt nur einmal, was konnte passieren, schlimmstenfalls eine Ohrfeige — und küßte sie leicht auf die Stirn. Goodie, signalisierte sie, ließ die Augen geschlossen, mach ruhig weiter. Also machte er. Augen, Jochbögen, Nase, überall kleine Schmetterlingsküsse, über ihrer Unterlippe pausierte er kurz, dann leckte er die Zahnpastareste weg. Colgate, seine Marke.
»Wo hast du so gut küssen gelernt«, fragte sie, »auf dem Schulhof?«
»Halt die Klappe«, sagte er, »im Mutterleib.«

★ »Lieber hochschwanger
als niederträchtig.« ★

Marie und Jenna

Zwei Wochen später.

»Sag mal, müßten sie nicht längst da sein?« fragte Christoph leicht beunruhigt.

»Eigentlich ja, aber ich bin ja meist ein bißchen spät«, sagte Marie und schlief ein.

»39 Mark fuffzig«, sagte sie.

»So viel?« fragte Jenna.

»Der normale Preis für einen Schwangerschaftstest«, antwortete die Apothekenhelferin freundlich und wickelte die Schachtel in unverdächtiges Papier.

Jenna

Das Gefühl der absoluten Panik kauerte aasgeierhaft auf meiner Schulter. Die Packung glühte in meiner Tasche wie ein heißes Brikett, ganz vorsichtig legte ich sie auf meinen Küchentisch. Zigaretten, Schnaps. Frühe Morgensonne leuchtete vorwurfsvoll ins Fenster, egal. Ich brauchte schädliche Unterstützung. »Nehmen Sie den ersten Morgenurin«, las ich, »und tröpfeln ihn mit der blau gekennzeichneten Flüssigkeit in den beigelegten Behälter. Wenn sich auf der Oberfläche ein Ring bildet, liegt eine Schwangerschaft vor.« Da ich vorher extra nicht gepinkelt hatte, stürzte ich zur Toilette, hielt den Plastikbecher drunter, dreiviertel gingen daneben, stellte ihn neben meine Kaffeetasse und wartete. Mir war schlecht vor Aufregung. Das Telefon klingelte.

»Schnözi«, drang die bedrückte Stimme meiner Schwester an mein Ohr, »mir geht's nicht gut.«

Ich seufzte, für nichts hatte ich im Augenblick weniger Nerven als ein schwesterliches Klagelied. Was konnte es sein? Krach mit Christoph? Ein tolles Foto, nur als Briefmarke gedruckt? »Was gibt's denn?« fragte ich, mit einem Auge auf dem Becher, »ich war schon in der Tür.« Kein Ring, Gott sei Dank, wahrscheinlich falscher Alarm.

»Ich hab das dumpfe Gefühl, daß ich wieder schwanger bin«, jammerte meine Schwester, genau in der Sekunde, als sich auf der blauen Oberfläche ein Ring formte, unübersehbar, schicksalsschwer. »Du sagst ja gar nichts, bist du geschockt?«

Die Stimme kam aus ganz weiter Ferne. Ich öffnete den Mund, bewegte die Lippen, wollte etwas sagen, es kam nichts. Ein krächzender Laut.

»Hey«, tönte es besorgt, »du klingst sehr merkwürdig, bist du erkältet?« Der Ring grinste mich an, bösartig. »Willst du es behalten?« fragte ich endlich.

»Natürlich«, rief sie entsetzt, »du weißt doch, wie sehr ich gegen Abtreibungen bin.« Pause, Schweigen. Dann fragte sie vorsichtig: »Sag mal, bist du jetzt traurig, streßt es dich?«

»Was soll mich stressen?«

»Daß ich schon wieder schwanger bin, du hast ja auch mit der Idee geliebäugelt.«
Noch nie in meinem fast 36jährigen Leben hatte ich mich mieser gefühlt; eine Sekunde spielte ich mit dem Gedanken, ihr einfach die Wahrheit zu sagen. Die Sekunde ging zum Glück vorüber. »Ach was, ich bin gern Tante, das reicht mir«, sagte ich feige, »was meint Christoph denn dazu?«
»Er ist gefaßt, nicht gerade überglücklich, aber gefaßt.«
»Vier ist doch 'ne gute Zahl«, tröstete ich sie, »aber mach mich nicht schon wieder zur Patentante. Zweimal reicht.«
Nach dem Auflegen starrte ich den Ring an und überlegte. Ich bekam ein Kind von meinem Schwager, daran bestand leider kein Zweifel. Mein Geplänkel mit Kindergartenspermie war bislang ausschließlich über der Gürtellinie verlaufen, was ich jetzt fast bedauerte. Es hätte die Situation erleichtert, wenn mein Embryo sozusagen in einem Samencocktail entstanden wäre, dann hätte ich mir den Vater herauspicken können, der uns am wenigsten Schwierigkeiten machen würde. Sollte ich Christoph über seine ungewollte Vaterschaft informieren? Hallo, Schwagerherz, nur eine Kleinigkeit. Ich bekomme auch ein Kind von dir. Dann schnell den Hörer auflegen. Ausgeschlossen.
Während ich stumm das Glas anstarrte, bohrte sich ein eiskalter Gedanke in mein Herz — ich mußte abtreiben, keiner durfte davon erfahren. Mein Gynäkologe war diskret und liberal, schon morgen wäre ich das Problem los. Ein verlockender Gedanke, ich liebäugelte mit ihm. Es war nicht ernsthaft vorstellbar, wie ich diese Schwangerschaft

durchstehen würde; den Rest meines Lebens würde ich mit einer Lüge leben müssen. Trotzdem: ein Kind, meine erste, wahrscheinlich einzige Schwangerschaft, ein lebendes Wesen entstand in mir. Sollte ich es wegschmeißen, nur weil seine Eltern eine Minute lang (okay, zwei Stunden lang) den Kopf verloren hatten? Das Herz war mir so schwer, daß es zwischen meinen Beinen pendelte. Kein guter Vergleich. Ich fühlte es klopfen, ganz weit unten, und griff zum Telefon.

»Praxis Dr. Tarnow«, sagte eine muntere Frauenstimme.

»Hier ist Jenna Wissbach, können Sie mich heute noch reinquetschen?«

»Hmmm, sieht nicht gut aus, Moment, halb vier für fünf Minuten, reicht das?«

»Danke«, sagte ich, »vielen Dank.«

Gerade hatte ich aufgelegt, da klingelte das Telefon. Bitte nicht Familie, dachte ich erschöpft. »Ja?«

»Hier ist Michael«, auch er klang so widerlich wach und gutgelaunt. »Diese Interviews mit dir gefallen mir irgendwie. Hast du Lust auf eine Fortsetzung heute abend?«

Warum nicht, dachte ich, besser in der Sandkiste spielen als allein Trübsal blasen. »Okay, mein Kleiner«, seufzte ich, »komm so gegen acht.«

»Nenn mich bitte nicht mein Kleiner«, sagte er, »sonst sind wir beide beleidigt.«

»Ich weiß nicht, wovon du sprichst«, empörte ich mich, und merkwürdigerweise sah die Welt danach ein bißchen leichter aus.

Uta und Michael

»Das ist aber ein dünnes Pfützchen«, sagte Uta Kaiser vorwurfsvoll. »Hast du noch private Patientinnen, denen du's umsonst machst?«
Schön wäre es, dachte er, während er nach einer Antwort suchte, aber traurige Wahrheit war, daß der kleine Michael beruflich anscheinend nicht mehr so wollte wie er.
»Ich bin ein bißchen kaputt im Augenblick«, fing er seine lahme Erklärung an, als das Telefon klingelte.
Uta Kaiser hob die Hand: »Moment mal, Michael warte... Praxis Dr. Ahrends. Guten Tag, Frau Wissbach, der Doktor kann im Moment nicht gestört werden. Sie wollen sich bedanken? Das Interview lief gut? Das freut mich aber, er steht im übrigen gerade vor mir...« Sie guckte fragend zu Michael, der abwehrend seine Hand hin- und herwedelte.
»Viele Grüße«, sagte er.
»Er läßt grüßen«, bestellte Uta in den Hörer. »Sie lassen zurückgrüßen. Okay, sag ich ihm. Alles Gute, und schicken Sie bitte ein Belegexemplar für unsere Pressemappe. Tschüs.«
»Hast du was mit der Tante angefangen?« fragte sie dann, während er beiläufig im Pharmakatalog blätterte. »Sie klang so beschwingt am Telefon.«
»Sei bitte nicht albern«, wies er sie zurecht, »womit denn, wenn ich fragen darf? Mein Sperma wird doch beruflich gebraucht.«
»Schon sind wir wieder beim Thema«, sagte sie. »So kümmerlich hast du noch nie abgegeben.«
Jetzt hatte er genug. »Mehr war nicht drin«, fauchte er. »Ruf mich an, wenn ich wieder gebraucht werde.«

Kopfschüttelnd sah sie ihm nach. »Den hat's erwischt, er weiß es nur noch nicht.« Liebe — ein weites, ein äußerst kompliziertes Kapitel. Sie rief die Sekretärin ihres Ex- und Wiederlovers an: »Hier ist Uta Kaiser, sagen Sie dem Chef bitte, daß ich gern ein Lunchdate mit ihm hätte. Sie brauchen nichts zu reservieren, ich bring alles Nötige selber mit. Danke.«

Jenna und Marie

Sie saßen zu dritt am Küchentisch, und es war eher gut, daß keiner die Gedanken der anderen lesen konnte. Hinter trügerisch glatten Stirnen liefen drei verschiedene Privatfilme ab. Der von Christoph trug den Titel »Die Nacht der beiden Schwestern« und war eindeutig pornographisch. Da Marie nichts ahnte und, möglicherweise beflügelt durch einen kleinen Seitensprung, der, dessen war er sich sicher, wenn überhaupt, oberhalb der Gürtellinie geblieben war, sexuell so ansprechbar war wie nie zuvor, hatte er einen Anflug von schlechtem Gewissen erfolgreich verdrängen können.
»Noch ein bißchen Wein, Jenna?« fragte er, schenkte nach und stellte sich einen Dreier vor. Außerordentlich animierend. »Bin gleich wieder da«, sagte er und atmete auf dem Balkon die kühle Nachtluft ein und aus. Eigentlich schade, daß Jenna seine Schwägerin war und er kein Vertreter in Damenunterwäsche, der ab und zu ein kleines Nümmerchen in abgelegenen Hotels schieben konnte. Doch er wußte, daß er für solchen Streß nicht geschaffen war.

Auf dem Rückweg zur Küche machte er einen Abstecher in die Schlafzimmer seiner Kinder. Stephanie hatte ihre Decke abgestrampelt, Daniel seinen Daumen im Mund. Christoph zog ihn vorsichtig raus. Meine Bande, dachte er zärtlich, während er seine Tochter zudeckte und Gabriel das Pyjamaoberteil über den Bauch zog, bald gibt's Zuwachs. Und plötzlich freute er sich unbändig auf sein viertes Kind.

In der Küche saßen die Schwestern und quackelten. Das heißt, Marie quackelte, Jenna hörte zu. Sie sah blaß aus, stellte er fest, im Aschenbecher war nur eine Kippe, sehr ungewöhnlich.

»Gibst du wieder mal das Rauchen auf?« fragte er.

Sie sah ihn an; nur Schwägerin lag in ihrem Blick, nicht ein Jota mehr, und noch etwas, was er nicht deuten konnte. Wut? Scham? »Ich probier's mal wieder«, antwortete sie ruhig. »Wo soll Nummer vier denn schlafen?«

Es kostete Jenna eine ungeheuere Willensanstrengung, an diesem Küchentisch zu sitzen und sich die Schwangerschaftsstorys ihrer Schwester anzuhören. Marie war schon wieder voll Mutter, die Creme gegen Schwangerschaftsstreifen lag auf dem Badewannenrand, die ausgemusterten Babysachen hatte sie vom Boden geholt und gewaschen, was Jenna ein bißchen voreilig fand.

»Ich bin gespannt, ob Nummer vier auch diesen Leberfleck am Hals hat«, sagte Marie gerade, »alle drei haben ihn nämlich, von Christoph.« Die Schwangerschaft bekam ihr. Sie glühte geradezu. »Ich bin so scharf wie nie«, strahlte sie. »Christoph hat schon Kopfschmerzen, ich bin einfach zu wild für ihn, nicht wahr, mein Schnuckelhäschen?«

Christoph malte Strichweibchen auf die Tischplatte. Ihm wurde heiß und kalt. »Ich glaube nicht, daß Jenna an unserem Ehe-« — bewußt vermied er das Wort Liebes- — »leben so interessiert ist«, wehrte er ab.
»Aber wieso denn?« rief Marie fröhlich. »Wir wissen alles über uns, was, Jenna?«
»Fast alles«, sagte sie und erhob sich. »Ich muß los, danke fürs Essen.«
Im Flur umarmten sich die Schwestern. »Ist was?« fragte Marie besorgt. »Du bist so merkwürdig heute abend. Streß im Job? Liebeskummer?«
»Nichts von alledem«, sagte Jenna und drückte sie. Beim Abschiedskuß dachte sie: Ob Judas eine Schwester hatte?

Jenna und Michael

Er saß auf ihrer Fußmatte. Sie sah ihn durch die Gitterstäbe, als sie sich die Treppe hochtastete. Je schlimmer die ersten drei Monate, desto kräftiger das Baby, hatte Dr. Tarnow getröstet; demnach trug sie einen kleinen Schwarzenegger aus. Ihr war nur noch schlecht, und sie war sicher, daß dies eine Strafe Gottes war, der oben auf seiner Chefwolke saß, links Petrus, rechts ihr Vater und der gedonnert hatte: »Du wolltest ja unbedingt ein Baby, jetzt hast du dir unter schlimmen Umständen eins erschlichen, also beschwer dich bitte nicht.«
»Was machst du denn hier?« keuchte sie, als sie endlich oben war.

»Spontane Lust«, grinste er. »Du siehst aus wie ein Stück Scheiße, was ist los mit dir?«

»Danke fürs Kompliment«, brachte sie hervor und schloß die Haustür auf. Zum Glück war Stella dagewesen, das Bett frisch bezogen, die Geschirrberge steckten sauber in der Maschine, auf dem Küchentisch stapelte sich die Bügelwäsche. Jenna liebte ihre Wohnung, wenn sie so unberührt, fast jungfräulich aussah. Im Gegensatz zu ihr.

»Beck's?« fragte sie, während sie die Kühlschranktür öffnete. Zwei Bierflaschen fröstelten im obersten Fach vor sich hin, das war's. Ihre Ernährung würde sie drastisch umstellen müssen, so ungesund konnte es nicht weitergehen. Obst, was sie haßte, Gemüse, Körnerfraß, viel Milch.

»Gern«, rief Michael aus dem Wohnzimmer, wo er es sich bereits auf der Couch gemütlich gemacht hatte. Als sie mit den Flaschen reinkam und ihn so entspannt daliegen sah — wenigstens hatte er die Reeboks ausgezogen — wunderte sie sich, daß diese voreilige Vertraulichkeit sie nicht nervte. Spielten ihre Hormone schon verrückt? Waren es präsenile Anwandlungen von Nestbau und Mütterlichkeit? Sie setzte sich, reichte ihm eine Flasche, trank einen tiefen Schluck aus ihrer, stellte sie schuldbewußt auf den Couchtisch. Kein Alkohol in den ersten drei Monaten, hatte Dr. Tarnow gewarnt, und danach höchstens ein halbes Glas Wein am Abend.

»Wo warst du?« fragte Michael, und erst als sie »bei meiner Schwester« antwortete, wurde ihr klar, wie selbstverständlich er sich bereits benahm. Als würden sie sich schon Jahrhunderte kennen und nicht erst zwei Wochen. »Sie ist schwanger«, fügte sie dann hinzu.

»Wow«, sagte er, »behält sie es?«
Plötzlich war sie todmüde, sank tief ins Sofa. »Kannst du bitte meine Füße massieren?« bat sie mit ganz kleiner Stimme.
Er griff zu, obwohl er sich eigentlich nicht ihre Füße vorgestellt hatte, als er vor verschlossener Tür auf sie gewartet hatte. »Hast du Probleme?« fragte er dann. »Spuck sie aus, laß mich dein Beichtvater sein.«
Sie hielt die Augen geschlossen, seufzte: »Ich hab sogar ein Riesenproblem, aber ich kann noch nicht darüber sprechen.«
Er nahm einen weiteren Schluck und überlegte sich dann, ob er überhaupt Lust auf ihre Alltagssorgen hatte. Was konnte es sein? Liebeskummer, weil Loverboy verheiratet war? Ärger im Job, keine Gehaltserhöhung, schlimme Regel? Was hatten Frauen in ihrem Alter für Problemchen?
»Ich bin schwanger«, sagte sie da unvermittelt, »und der Vater des Kindes ist mein Schwager.«
Bäng. Krach. Ihr Satz zerknallte hinter seiner Stirn. Waren das Sterne vor seinen Augen? »Sag das noch mal«, bat er heiser, knochentief enttäuscht.
Sie setzte sich auf und legte ihre Hand auf seinen Arm. »Ich werde dir alles erklären«, flüsterte sie, »aber vorher mußt du mich küssen.«
Es fiel ihm schwer, aber schließlich war er Gentleman.
»Du kannst mit Zunge küssen«, lächelte sie schließlich, »das schadet dem Baby nicht.«

Marie und Christoph

»Irgendwas nagt an meiner Schwester«, grübelte Marie, während sie eine Seite des neuen Marie-Louise-Fischer-Romans *Elbchaussee* umblätterte. »Ist dir nichts aufgefallen?«

Er war in die 125. Wiederholung von *Casablanca* vertieft, grunzte nur.

»Ihr Männer merkt auch wirklich nie was«, seufzte sie. »Ich werde morgen mal einen ausführlichen Sistertalk mit ihr halten, dann wird sie sicher auspacken. So schlimm kann's doch gar nicht sein.«

Er stellte den Fernseher ab, stopfte sich energisch das Kopfkissen in den Rücken. »Bohr doch nicht immer so neugierig in anderer Leute Seelenleben herum«, sagte er schroff, »wenn sie reden will, wird sie's schon tun.«

Marie drehte ihm beleidigt den Rücken zu. »Halt du dich da bitte raus, mein Lieber«, fauchte sie. »Du hast mit dieser Sache null zu tun. Reine Schwesternsache.«

Wenn du wüßtest, dachte er und war sich sicher, daß in den nächsten Stunden an Einschlafen nicht zu denken war; wenn du bloß wüßtest.

Nachschlag Jenna und Michael

»Ich brauch jetzt 'n Schnaps«, sagte er. »Was darf's für dich sein? Kakao, Gemüsesaft?«

»Meine Bar ist gut gefüllt«, erwiderte sie, »Bedien dich.«

Er kam mit einem randvollen Cognacglas zurück und

setzte sich. Ganz kurz nach ihrer Explosionsnachricht hatte er überlegt, ob er sich nicht einfach davonschleichen sollte. Lächeln, Kuß auf die Wange: »Man sieht sich, bye.« Es war wirklich böse Ironie der Schicksals, daß ausgerechnet er, über dessen Spermavolumen unter Kennern nur ehrfürchtig geflüstert wurde, sich in eine Frau verliebt hatte, die von einem anderen schwanger war. Fühlten sich so die Väter, denen er bislang zu spätem Eheglück verholfen hatte: so ausgeschlossen, so eifersüchtig auf den Spermalieferanten?
»Bin ich eigentlich in deiner kurz- oder mittelfristigen Zukunft auch vorgesehen?« fragte er ratlos.
»Hol dir bitte noch einen Cognac«, sagte Jenna resolut. »Ich habe nämlich ein kleines Attentat auf dich vor.«

Prieß und Faltermeyer

»Wann kann ich mit der Sterilitätskiste rechnen?« fragte Prieß, Füße ohne Schuhe auf dem Schreibtisch, die einen mittelschweren Geruch nach altem Käse verströmten.
Hüstelnd rückte Heinrich Faltermeyer in die geruchsfreie Zone. »Hast du morgen, spätestens übermorgen auf dem Schreibtisch, Manfred«, sagte er dann. »Du weißt doch, auf Jenna ist Verlaß.«
»Apropos«, meinte Prieß dann, hob den Fuß in Richtung Nase und schnüffelte aus sicherer Distanz, hmmm, geht noch, »darüber wollte ich gern mit dir reden. Was hältst du davon, wenn wir das Mädchen für ein, zwei Jahre in unser New Yorker Büro schicken? Sie ist schnell und

taff, jetzt braucht sie noch ein bißchen Auslandserfahrung.«
Faltermeyer schluckte. »Jenna ist meine beste Kraft«, meinte er dann zögernd. »Sandra ist wirklich noch kein Ersatz für sie.«
Doch Prieß war Chef und als solcher immun gegen Widerspruch. »Sie wird von Amerika aus für dich schreiben«, sagte er, »außerdem kann ein bißchen internationale Luft deinem leicht angestaubten Ressort nicht schaden. Schick sie demnächst mal zu mir, dann besprechen wir die Einzelheiten. Oder hat sie etwa ein kompliziertes Privatleben, quengeliger Lover oder so?«
»Nicht, daß ich wüßte«, meinte Faltermeyer. »Ihr Lover ist der Job.«
»So soll's sein«, sagte Prieß befriedigt.

Anneliese und Anhang

»Lieschen, du machst mich nervös«, sagte Jo und schaute prüfend über den gedeckten Tisch, um den Anneliese hektisch herumlief, an einer Serviette zupfte, einen Teller zurechtrückte, ein Glas verschob. Sie hatte Jo als Partyservice zwangsverpflichtet, die Dekoration war aus *Schöner Wohnen* abgekupfert — Damastdecke, Silberleuchter, nur ein Teller mit Sprung —, trotzdem war sie noch nicht zufrieden.
»Ich möchte einfach, daß heute abend alles perfekt ist«, sagte sie und schob das Liliengesteck drei Millimeter nach rechts. »Meine Töchter haben sehr an meinem

Mann gehangen, es ist nicht einfach für sie, uns beide hier also sozusagen ...«

Sie verhedderte sich.

Jo mußte grinsen, fast 60 und immer noch Schulmädchen. »Du meinst, es streßt sie, daß ihre alte Mutter noch ein Sexualleben hat?« fragte er deshalb bewußt provozierend.

»Bitte nimm dich heute abend ein bißchen zurück«, sagte Anneliese streng und schob seine Hand weg, die sich spielerisch um ihren Busen gelegt hatte. »Kein Geküsse, kein Getatsche, versprich mir das. Wir sind schließlich keine Teenager mehr.«

»Das hörte sich heute nacht aber ganz anders an«, frotzelte er.

»Schluß jetzt?« rief sie. »Komm in die Küche und schäl den Spargel. Aber ganz dünn.«

»Bist du endlich soweit?« kreischte Marie und klimperte ungeduldig mit dem Schlüsselbund. »Wie kann ein einzelner Mann nur so eitel sein? Wenn du dein Haar so weiterfönst, siehst du wie Bernd Clüver aus.«

»Just a minute«, kreischte Christoph zurück, »schließlich will ich mich nicht am Kopf erkälten.«

Marie rollte nur mit den Augen. Wenn Männer schwanger werden könnten, wäre die Menschheit schon längst ausgestorben. »um acht sind alle im Bett«, instruierte sie Hilly, den Babysitter. »Bei Stephanie kannst du noch zehn Minuten das Licht anlassen. Danach ist Schluß, nach dem Zähneputzen nichts zu trinken mehr.«

»Aufgeregt?« fragte Michael, während sie vor dem Flurspiegel zum 26. mal ihre Lippen nachzog.
»Ich hab kein Lampenfieber, sondern Lampenfabrikfieber«, scherzte sie, aber sie merkte selbst, daß der Witz so dünn wie ihr ungeföntes Haar war. »Ich werde nie vergessen, daß du mich jetzt nicht im Stich läßt. Ich weiß, was für ein Opfer du mir bringst, indem du heute abend in die Höhle der Löwen steigst.«
»Hey«, wehrte er ab, denn wie alle Männer haßte er dramatisch-klebrige Gefühlsmomente. »Deine Mutter kocht gut, deine Schwester sieht spitze aus, wo ist da das Opfer?«

Die in Nußmarinade eingelegten Kalbsschnitzel brutzelten in der Pfanne, die neuen Petersilienkartoffeln wärmten sich im Backofen, der Champagner lag im eiskalten Badewannenwasser. Anneliese stand vor ihrem Einbauschrank und hatte wieder mal nichts anzuziehen. Jo, der eine Khakihose und ein weißes Hemd gewählt hatte, entspannte sich mit einem Dosenbier vor den Sportnachrichten, als es klingelte. Dreimal kurz.
»Geh mal hin, ich komm gleich«, rief Anneliese aus dem Schlafzimmer, seufzend erhob er sich.
»Guten Abend, wir kennen uns.« Maries Händedruck war Marke Knöchelpreß.
»Wir kennen uns noch nicht, ich bin Christoph, hallo«, sagte eine wesentlich weniger spitze Stimme.
»Anneliese ist noch im Schlafzimmer«, verkündete Jo nervös. »Darf ich Ihnen etwas zu trinken anbieten?«
»Vielen Dank, aber ich weiß selbst, wo alles steht.« Marie war bereits am Kühlschrank: »Christoph, Bier oder Wein?«

»Bier«, sagte Christoph und zuckte entschuldigend mit den Schultern. »Sie ist eigentlich ganz okay, nur heute abend ist sie nervös.«
»Ich verstehe«, antwortete Jo. Die Männer musterten sich mit der Brüderschaft der meist schweigenden Minderheit. Sich mit einem Wissbachweib ernsthaft anzulegen, das wußten beide, war zwecklos.
Es klingelte wieder. »Ich geh hin«, rief Marie und riß die Tür auf. »Oh, hallo« — ihr Mund blieb offen — »kommt rein.«
»Ich habe einen Freund mitgebracht«, sagte Jenna. »Darf ich vorstellen, Marie, das ist Michael König, Michael, meine Schwester Marie.«
»Angenehm«, sagte dieser Bubi; wo hatte Jenna den bloß aufgetan? »Ich hab schon viel von Ihnen gehört.«
»Schreck laß nach«, versuchte Marie zu witzeln, als die Schlafzimmertür aufging und Anneliese ihren Auftritt hatte. Sie sah aus wie Marika Röck in Hochform, ein schwarzes Paillettenkleid umhüllte ihren Körper vom Hals bis zu den Knöcheln, das frisch gestraffte Gesicht war dezent geschminkt, die Haare von ihrer Friseuse Birgit Lienau eingelegt und mittelhoch toupiert.
»Herzlich willkommen, meine Lieben?« sagte sie strahlend, als ihr Blick auf Michael fiel; eine Schrecksekunde, dann fing sie sich: »Jenna, du hast einen jungen Kollegen mitgebracht, wie schön.«
»Michael ist kein Kollege, sondern ein Freund«, stellte Jenna richtig, »und da du uns heute abend deinen vorstellst, hielt ich die Gelegenheit für günstig, euch meinen ebenfalls zu präsentieren.«
»Sagtest du *ein* oder *mein* Freund?« fragte Anneliese etwas irritiert.

»Ich sagte *mein* Freund, Mutti«, betonte Jenna und schaute Michael aufmunternd an. Nicht gerade einfach, was sie ihm da zumutete, aber sie würde es wieder gutmachen. Wie denn? Geld? Sex? Ersteres war geschmacklos, letzteres in ihrem Zustand delikat. »Die Küchendüfte sind köstlich«, lenkte sie ab. »Gibt's vorher noch einen Aperitif?«
Anneliese riß sich zusammen. »Jo, kommst du bitte mal?« rief sie. Er betrat den Flur mit dem Ausdruck eines Soldaten, der jede Sekunde eine Tretmine vermutete. »Das ist mein Freund«, sagte sie. »Jo Steinberger, meine Töchter, Christoph kennst du schon, Ihren Namen hab ich nicht verstanden.«
»Michael König«, murmelte er, »sagen Sie ruhig Michael zu mir.«
»Jo ist heute abend unser Barkeeper. Alle Mann bitte ins Wohnzimmer.«
Dort saßen sie auf die Sitzmöbel verteilt, wie ungelegte Hühner auf der Stange.
»Marie, was darf's sein?« fragte Jo, der froh war, daß er was zu tun hatte.
»Saft bitte«, antwortete sie, um auf den fragenden Blick ihrer Mutter ein fröhliches »Es ist wieder mal soweit?« zu trompeten.
»Wie schön für euch«, meinte Anneliese ungerührt, »ist es schön für euch?«
»Klar«, sagte Christoph, der in der hintersten Sofaecke Beobachterposition bezogen hatte. »Bald wirst du vierfache Oma.«
Schweigen, die Blicke wanderten diskret zu Jo, der leise lachte: »Je öller, je döller. Was darf's für Sie sein, Jenna?«

»Eine Weißweinschorle«, sagte sie, »viel Schorle, wenig Wein.«
Die »Antipasti Anneliese«, Eier mit Sardellen, Tomatenscheiben mit Pesto belegt, kleine Blätterteigtaschen mit Käse und Schinken gefüllt, entspannten die Gäste zusehends. Mägen sind bestechlicher als Herzen. Die Gesichter röteten sich, die Stimmung wurde lockerer. Jenna ging aufs Klo. Aus alter Gewohnheit ließ sie die Tür offen, und so war sie mitten im Pinkeln, als jemand hereinplatzte.
»Besetzt?« rief sie schrill. »Ach, du bist's.«
Marie setzte sich auf den Badewannenrand. »Wieso weiß ich nichts?« fragte sie streng.
Jenna zog die Hose wieder hoch. Sie kannte ihre Schwester zu gut, um sich dumm zu stellen. »Es ist alles so schnell passiert, daß ich es selber kaum glaube«, antwortete sie dann wahrheitsgemäß.
»Was willst du denn mit diesem Jüngelchen?« erkundigte sich Marie. »Hast du den vom Schulhof geklaut?«
Jenna seufzte. »Er ist sehr reif für sein Alter«, sagte sie dann, »und jetzt will ich weiteressen.«
Die Runde am Tisch befand sich inzwischen in einem Zustand der heiteren Auflösung. »Und was machen Sie beruflich?« fragte Anneliese und musterte Michael wohlwollend. Wenn ich nicht Jo hätte, wer weiß, dachte sie angenehm beschwipst und kicherte.
»Ich bin in der Kommunikation tätig«, erklärte Michael und Jenna merkte, wie unbehaglich ihm zumute war.
»Und was machen Sie da genauer?« fragte Marie, die die Petersilienkartoffeln kalt aus der Schüssel aß. Sie würde wieder fett werden, das wußte sie.

»Ich bin im medizinischen Bereich tätig.« Michaels Stimme klang vorsichtig, er wartete auf Schützenhilfe von Jenna. Dieses Szenario hatten sie nicht geprobt.
»Als Pressesprecher eines Konzerns?« fragte Anneliese hoffnungsvoll. Er sah zwar nicht aus wie ein Yuppie, aber vielleicht war er ja doch eines dieser jugendlichen Wunderkinder.
Es war ruhig geworden am Tisch, Christoph, der heilfroh war, an diesem Abend nicht in der schwiegermütterlichen Schußlinie zu stehen, öffnete heimlich seinen Hosenknopf.
»Michael ist hauptsächlich Soziologiestudent«, fing Jenna an, »nebenberuflich ist er im Medizinisch-Sozialen tätig.«
Anneliese seufzte ungeduldig: »Könnt ihr euch bitte ein bißchen präziser ausdrücken, oder ist Ihr Beruf oder Nebenberuf ein finsteres Geheimnis?«
Jenna holte tief Luft. Der *point of no return* war erreicht, Augen zu und durch. »Also es ist so. Michael und ich haben uns bei einer Reportage kennengelernt. Er ist Samenspender.«
Erstschlag. Erstarrung. »Ich bin übrigens bei den Recherchen zu dieser Story schwanger geworden.«
»Du hast mir doch versprochen, noch ein bißchen zu warten«, jammerte Anneliese, »kein Reagenzglas als Schwiegersohn. Wie soll ich das bloß meinen Doppelkopfschwestern erklären?« Sie schob ihren Stuhl zur Seite und lief raus.
»War's denn so schlimm mit dir?« fragte Marie und zündete sich trotz eines mahnenden Gattenblicks eine Zigarette an. Sie brauchte jetzt Nikotin, und wenn das Baby deshalb einen Zentimeter kleiner wurde, sei's drum. »Ich dachte, du wärst nicht neidisch auf mich.«

»Es ist alles ganz anders.« Michael hob die Stimme, um sich Gehör zu verschaffen. »Wir haben uns ineinander verliebt. Daß ich Samenspender bin, hat nicht das Geringste damit zu tun.«
»Hast du's denn wenigstens umsonst gekriegt?« konnte sich Christoph nicht verkneifen. Eine kleine ärgerliche Eifersucht fraß an seinen Eingeweiden.
»Ich glaube nicht, daß dich das was angeht«, sagte Jenna gelassen und schaute ihn fest an, »aber um euch zu beruhigen — diese Schwangerschaft ist nach Feierabend entstanden, rein privat.«
»Alle mal herhören?« rief Anneliese, die inzwischen mit leicht geröteten Augen und einer neuen Flasche Champagner hereinkommen war. »Dieser Abend verläuft zwar völlig anders als geplant, aber wir sind ja flexibel. Wir wollen anstoßen.« Sie schenkte ein, für Jenna und Marie nur eine Pfütze, alle hoben zögernd die Gläser. »Nach dem Tod meines Mannes waren wir eine reine Frauenfamilie. Bis auf Christoph natürlich, entschuldige, Schwiegersohn. Daß wir jetzt so unerwartet und das gleich doppelt, männlichen Zuwachs bekommen haben, und den auch noch so taufrisch und knackig, ist Grund zum Feiern. Prost.«
»Prost?« riefen sie. Heute wollten sie feiern, schließlich war morgen auch noch ein Tag.

P.S.

Das Winzlingsbündel in der Kinderstation des Marienkrankenhauses von Hamburg schrie wie am Spieß. Schwester Cornelia flitzte hin, nahm es hoch, hielt vorsichtig den Kopf fest: »Hey, junger Mann, ein bißchen Geduld. Ich bring dich gleich zur Mami.« Da es ein besonders süßes Neugeborenes war, mit großen, braunen Knopfaugen und einem dichten Schopf schwarzer Haare, nahm sich Schwester Cornelia eine unprofessionelle Freiheit heraus: Sie küßte es ausgiebig. Auf die Stirn, auf die kleinen Fäuste, auf die Nase, und auf den braunen Leberfleck am Hals.

Im Bellevue Hospital von New York lehnte sich Jenna ermattet in die Kissen zurück. Die Geburt hatte 23 Stunden gedauert; Michael war von Anfang an dabeigewesen, hatte die Nabelschnur durchschnitten und ihr triumphierend das nasse, erschöpfte Mädchen an die Brust gelegt. Jetzt saß er neben dem Kinderbett und streichelte mit seinem riesengroßen Zeigefinger das winzige Gesicht.
»Ist dir schon aufgefallen, daß meine Tochter einen kleinen Leberfleck am Hals hat?« fragte er.
»Ganz der Papa«, murmelte Jenna, halb im Schlaf, »ganz der Papa.«